清末民初文獻叢刊

澗于日記

（第五册）

［清］張佩綸　撰

朝華出版社
BLOSSOM PRESS

八月初一日晴

閱庭立記聞宋南渡四大將韓岳偉矣張俊劉光世何以並稱曰張俊無足道劉乃劉錡非光世也宋史俊傳亡明而傳論又以為光世此史臣之謬矣謂南渡四將韓岳當數劉錡矣珍許周生云開禧二年史官章穎上南渡四將傳劉錡岳飛李顯忠魏勝皆不能遂其志賫恨以終者論案四將之說必本舊說據章穎所上傳為無次則俊傳高宗且以俊勝於世忠矣合當時稱而別有優劣則史論非事實也

初二日晴

至筱卿處略談夜陳劭吾送荊州淮彥日昕寄寶夫書

近刻三國志證聞一書錢儀吉撰劉封傳本羅侯寇氏之子引趙一清

云羅侯地名也水經注云湞水西逕長沙羅縣西羅子自枝江徙此世猶

謂之羅侯城按此說甚是封傳孟達與封書曰以足下之才棄身來

東繼嗣果侯不為背親也又云若足下翻然內向非但与僕為倫受

三百戶封繼統羅國而已當更剖符大邦為始封之君是羅侯乃

其父封爵非地名也

初三日晴

馬植軒回里過談趙菁衫遣其從子恩浙來以曹賓及先生小像索題 名鈖澹庵先生之子

初四日晴

魏並汀來知巢山未予謚並言朝陽之亂蒙教欺民於先而賊兵劫民於後迭受四害孑遺可哀

筆叢春秋繁露十七卷自宋以來咸以為疑劉氏七略春秋類惟公羊治獄十六篇絶無繁露之目隋經籍志始有之或以為即公羊治獄十六篇非也余讀漢藝文志儒家有仲舒百二十三篇亦漢不

可考隋志特出繁露十七篇今讀其書為春秋發者僅二十之四五意比八十二篇之文即漢志儒家百二十篇東京而後章次殘缺好事因以公羊治獄十六篇合於此書又安取班氏所記繁露之稱繫之而儒家之董子世遂無知者後人既不察百二十篇所以亡又不深究八十二篇所從出徒紛紛聚訟篇目間故兩失之當析其論春秋者復其名曰董子可也佩綸頗韙其說因取繁露改之自第一至十七皆說春秋發漢志公羊治獄多一篇而滅國分為上下實止十六篇也此十六篇即公羊治獄無疑自十八篇離合根至八十二篇天地施六十五篇其中及春秋者如三代改制質文如爵國如仁義法如觀德如奉本如

深察名號於郊義於郊祭於順命閒亦闡發春秋並旁徵博引與
前十七篇徵異案漢書董傳仲舒所著皆明經術之意及上疏條
教凡百二十三篇而說春秋事得失聞舉玉杯蕃露清明竹林之屬
復數十篇十餘萬言皆傳於後世掇其切當世施於朝廷者著于篇
所謂數十篇即志之十六篇百二十三篇即志之儒家百二十三篇雖尚
闕五十八篇而以漢書三策及五行志所載補之與玉函所輯春
秋決事之類仲舒所書大之意具存近凌曙作春秋繁露非不
詳密而於篇目離合之故不置一詞與孔氏公羊通義陳氏公羊
疏今以繁露為本而不知繁露即公羊治獄故采胡說而詳識之

初五日晴

寄九弟書呂定之前輩來

太史公牛馬走有解作先馬走者其説頗是越語句踐身親夫差前馬韓非子云為吳王洗馬淮南子云為吳王先馬走乃馬前引導之人漢書百官表太子太傅少傅屬官有先馬張晏曰先馬員十六人

晉書顧衆虞潭傳贊顧實南金虞惟東箭銑質無改筠心不變

顧榮傳榮言陸士光貞正清貴金玉其質甘季思忠款盡誠膽幹殊快殷慶元質略有明規文武可施用榮族兄公讓明亮守節困不

易操會稽楊彥明謝行言皆服膺儒教足為公望賀生沈潛青
雲之士陶恭兄弟才幹雖少實事極佳凡此諸人皆南金也薛兼傳
少與同郡紀瞻廣陵閔鴻吳郡顧榮會稽賀循齊名號為五儁初
入洛司空張華見而奇之曰皆南金也史臣亦云顧紀賀薛等並南
金東箭世胄高門何一時品藻均以南金東箭為評不可解也東箭
本孔融答虞翻書聞延陵之理樂觀吾子之治易乃知東南之美非徒
會稽之竹箭也潭本翻孫眾亦常族今但知潭眾為金箭不知虞
有兩世奉箭頗有三人南金止一時矜之品題於此是皆小詞人歎史柄
故複皆可識耳

初六日晴

爲陳晃及杰姪改趙豐論各一篇

王祥傳母常欲生魚時天寒冰凍祥解衣將剖冰求之冰忽自解雙魚躍出持之而歸

王延傳母卜氏嘗盛冬思生魚勅延求而不獲杖之流血延尋汾叩凌而哭忽有一魚五尺踊出水上延取以進母食之積日不盡兩孝子指祥王指冰剖曰魚事相類然從傳繼之行也侍中秦準謂曰今日之難卿有佳馬否紹正色曰大駕親征以正伐逆理必有征無戰若使皇輿失守臣節有在駿馬何爲聞者莫不歎息

卞壼傳壼司馬任台勸壼宜畜良馬以備不虞壼笑曰以順逆論之理無不濟若万

一求並豈須馬哉冊惪在均不啻良馬車又相類

初七日晴 似南中桂花蒸

張賓傳附石勒載記後賓卒勒流涕顧左右曰天欲不成吾事耶何奪吾右侯之早也程遐代為右長史勒每與遐議有所不合輒歎曰右侯舍我去令我與此輩共事豈非酷乎因流涕彌日及考載記清河張披為程遐長史遐甚委昵之張賓舉為別駕引參政事遐疾披去己又忌賓之權盛勒世子宏即遐之甥也自以有援憚賓威重於朝乃使宏之母譖之曰張披與張賓為游俠門客日百餘乘物望皆歸之非社稷之利也宜除披以便國家勒然之至是披取急召不時至因此遂殺之賓知遐之間己遂弗敢請未幾以遐為右

長史總執朝政自是朝臣莫不震懾趨于程氏矣觀此則勒殺張披已疑賓賓以憂死耳豈賓死而又悔之耶方之苻堅之於王猛勒尚不絕矣

勒將營鄴宮時大雨霖中山西北暴水流漂巨木百餘萬根集于堂陽勒大悅謂公卿曰諸卿知不此非為災也天意欲吾營鄴都耳前在襄國勒下令曰去年水出巨材所在山積將天欲孤繕修宮宇也其擬洛陽之太極起建德殿遣從事中郎任汪帥使工匠五千采木以供之何石氏屢有漂木之異既云所在山積仍須發徒采木其詐妄明矣

初八日晴

李搏霄來贈畫扇兩搖乃其夫人繆珊如所繪也天津知府鄒

振岳卒得廉生邯鄲道上書

夜眠不能成寐

子艸堂石影

初九日微雨

復安圃書並諭滄兒以復蔚廷書交士周

言

子卅堂石影

初十日晴

十一日晴

劉薌林來余在翰林屢論朝鮮君昏后謀臣下朋黨軍政不修終為日本所吞併而袁慰廷狃於花房竹添之役侈越自大於朝鮮則操之過蹙於日本則漠不加意心以為蔑以尚薌林薌林亦以日本甚貧未足慮之論余維不謂然語云知己知彼百戰百勝今徒知日本之貧而不知中國之貧無異甚於日本也外洋時驕乎怨合肥老矣左右又無良佐徒恃一屋憍泄氣之袁慰庭以支吾於朝鮮恐屠羊火上自以為無耳無謀不用尤甚

吾言不驗則中國之福耳翰林院士為之太息者久之所謂曲突徙薪無人領會也

十二日晴
紀愛來

十三日夜微雨

得滄兒書寄首場文字平妥無出色處二三較佳

偶與潛兒論今科詩題記郝文忠有伊昔詩家杜少陵酷愛賦馬并賦鷹不知少陵不獨爲鷹詩多並舉以馬鷹作對如醉歌行天馬長鳴待駕馭秋鷹整翮當雲霄前又有醉歌行則云驊騮作駒已汗血鷙鳥舉翮連青雲送李校書云代北有豪鷹生子毛盡赤渥洼騏驥兒尤異是龍脊贈別賀蘭銛云老驥倦驤首蒼鷹愁易馴贈陳二補闕云早雕寒始急天馬老能行送鄭中丞云雕鶚乘時去驊騮顧

主鳴觀安西兵過赴關中云老馬夜知道蒼鷹飢著人簡王
明府云驥病思偏秣鷹秋苦怕籠簡高三十五云驊騮開道路
鷹隼出風塵寄劉峽州云放歸知赤驥捩翅服蒼鷹凡十餘
聯各有佳處然究嫌犯複或少陵之性愛馬愛鷹信手拈
來不自覺耳又贈韋左丞云老驥思千里饑鷹待一呼
今科策問題有筆誤如姜嫄育契拓跋建都統萬均為人所
詬病記江鄰幾雜志歐陽公知貢舉出豐年有高廩云見大雅
為御史吳中復所彈罰金四斤乃知通人往往犯此不足為怪也原捡
書乃王省試
余亦誤記

十四日陰

作書諭滄見屬十八九印踈

十五日晴

夜得九弟書七月十九日得一子以 生母生日得此書為名之曰慈佑

兄弟六人今止兩房共得五子矣添丁之喜南面王不與易也

十六日晴

三朝北盟會編建炎四年五月岳飛与劉經合軍戍宜興岳領兵赴建康經欲殺其母妻而并其軍岳令姚政圖之遂殺經金陀粹編則以為岳王夫人事云在宜興日先往當作王行在部下謀叛夫人得之不言一日會諸將于廳門坐告之捕斬叛者一軍肅然夫人李氏名娃字孝娥封秦國夫人晉封楚國據此則武穆夫人亦有才智矣夫人有五子二女長安娘夫高祚次即銀瓶也明錢士升南宋書誣夫人棄姑更嫁岳王不欲迎之謬甚孝宗以楚國夫人告勅云眷念前

朝廷下生還之命志伸今日再加甄敘之封是嶺海言旋子孫以仕門之人再興猶及見之世臨穆畢夫人親覩存歿而李夫人不顯於表而畢之大段由庭之絕同摘敘

十七日晴

十六日晴 涼

陸眉五來復九弟書

十九日晴

復菁杉書

二十日晴

復聯仙蘅書

二十一日晴夜雨

二十一日陰

過晦莊雜談聞陳冠生去世冠生得大魁十年三世相繼委化家業亦析閱盡真如曇花一現耳

二十三日晴

劉蘭谷来名畝蓀省三之子直隸試用道

二十四日晴

于艸堂石影

二十五日晴

巳刻滄兇回

二十六日晴

鄭卅回粤交以衣物賜壽單十歲慈佑滿月也紀嚴亦將回涯

復頌民書

二十七日晴

二十八日陰夜雨

寄都中書陳妝龔合米

二十九日晴　易棉衣

借梅若東塾集閱之　黃氏及袁啟之來

蘭圃先生北辰解引春秋合誠圖北辰其星五在紫微中　史記天官書索隱

則爲最古最確之說又有長白山說以上殷台西蓋馬二縣爲

大清發祥之地其說以漢書地理志之馬訾水今鴨緑江鹽難水今

佟家江鴨緑源出長白山漢志稱近塞之水源出塞外者必著

之馬訾不言出塞外則長白乃漢西蓋馬之山上殷台縣無考以

水道鈎稽不在高句驪之北之西之南又不在西蓋馬之西之南必

在高句驪之東西蓋馬之東之北爲長白之北無疑也按馬訾

為鴨綠江鹽難為佟家江一統志云亦東藝以水源不言塞外它西為

蓋馬境內諸書得間工餘台必在長白山之北則太無證佐未敢信

為必然

二十日晴

得伯平書

晉書任愷傳愷既失職乃縱酒耽樂極滋味以自奉養初何劭以公子

奢侈每食必盡四方珍饌愷乃踰之一食萬錢猶云無下筯處按

何曾傳廚膳滋味過于王者每燕見不食大官所設帝輒命取

其食蒸餅上不坼作十字不食二日萬錢猶曰無下箸處劭傳

食必盡四方珍異一日之供以錢二萬為限時論以為大官御膳無以加之曾愷劭三傳略同曾一日萬錢劭一日二萬錢愷一食万錢以再食為節是愷等於劭而非踰於劭且愷語遂与曾同未免複背他如衛瓘之被害則曰初瓘家人炊飯墮地盡化為螺歲餘及禍在崇傳亦云崇家稻米飯在地經宿皆化為螺時人以為族滅之應稻米之粒在地為蟲蟻所食安能化而為螺粒小螺大不類陶侃傳劉宏謂侃曰吾昔為羊公參軍謂吾其後當居身處亦相觀察必繼老夫矣應詹傳亦云宏請為長史謂之云君器識宏深後當代老子於荊南矣殆以宏為鎮南詹殁後亦疑鎮南與宏侃同鎮荊州相類故傳會之殊覺無謂

九月初一日晴

趙再盦燧冬叔姪來陳觀虞亦至

初二日晴

黄立庵辭行

初三日晴

得戴之書。趙再禽辭行。李仲僊放湖南鹽法道，來見，以子僑讀鑑隨錄使前日託稿本交再禽攜至長沙交吳壯孫。

閱何博士備論，文似蘇長公，故長公喜之。其論漢武最佳，論李廣祖孫，謂武帝用廣失之難，用陵失之易，亦近似。其尚伯升而優光武，長仲達而短武侯，則皆成敗論人之見。讀書泥於句下，不足與之論兵，亦不足與之論史。其論伯升謂當舉宛之盛，因世祖破尋邑之勢，勒兵誓師，以僇新市平林之驕將而黜更始，此說誠然。伯升之失在起兵時不即自立，至新市平林已議立聖公，則伯升難以數言當時張邛拔劍而衆邛從之是伯升亦若無彊助非不欲使議力不能也阮之更始其罪未著反而相殘則赤眉且瓦解大破尋邑之勢足以制更始則光武閔伯升之冤亦反旆征之耳何馳詰論為至謂五丈原之役武侯千里負糧餉師十萬而求戰者十旬仲達擁秦雍之勁卒以不應而老其師尤將孫吳矣仲達之策武侯必西上五丈原者聊以安衆心也豈真有制敵之算哉幸而武侯星隕壘解嚴否則事未可知不敢窮追疑武侯誘之入伏並亦諜候不明之故生仲達之智止出死諸葛下乃沉雅將略非所長一語反以贊揚司馬而以諸葛為墮其術中真書生之目論也夫

初四日晴

答仲儀寄都門書

閱邸抄周福清之家人以萬元券賄關節爲御史所劾革職拏案審辦周與正考官殷如璋辛未同年周紹興人也浙江科場弊竇已深非澈底根究不能摧陷廓清如周者尚是笨伯耳周以庶常改官江西爲沈文肅所劾引見捐中書終以此敗可歎也

初五日晴

張子蒓來時聞欵修墓崔琴友田南至

初六日晴

陳伯常樹屏來見（字介〻庵望江人壬辰進士 合肥延課子孫）李作〻庭桂懋垣自杭州來得武如書佳〻廬書目四本並去

張暢傳宋書兩見已爲校刊諸臣所糾更以南史證之小有同異無所增損其敘與李孝伯問答事即合〻譯著問答也如宋書云孝伯進曰長史深相敬愛相去步武恨不執手暢因復謂曰善將愛冀蕩定有期相見無遠君若得還宋朝今為相識〻於孝伯曰待此未期魏書李孝伯傳則曰今當先至建業以待君耳恐尔日君與二王面縛請罪未暇為容如南史及宋書所

敍不應孝伯頓亦辭窮如魏書所云亦不應張暢頓亦默息似此任意抑揚何關使令乃彼此鋪敍累累千餘言殊為浪費筆墨孝伯因此進窺宣城公尤為可怪李延壽於南北史敍暢則曰隨宜應答吐屬如流音韻詳雅風儀華潤孝伯及左右人並相視歎息敍孝伯則曰孝伯風容閑雅應答如流暢及左右甚相嗟歎而兩傳則問答互有詳略殊不關意何如盡敍於一傳中而以互相嗟歎括之乎此於史筆殊少翦裁也大約八書及南北史此類冗詞甚多恨不刪其複重以歸畫一庶不以辭累耳

初七日晴

仲儒琴友贊臣輔香同來久坐晚李杜以書帖來售殊不佳

本

初八日午後疾雷風雹
晦若容氏伯述雜坐

初九日晴

初十日晴

十一日晴

晦若屢來以候電傳紅録也此君於科名事極形無意每屆如是

十二日晴　後鈔落卷第十五房評詞旨備深前段略有淺語次有作意惟於下二章大略下注一備字房官南海戴鴻慈少懷

閱錄竟滄兒下第仲儒琴友均来琴友南田寄子涵書

十三日晴

電朱式如詢書甄貴自浙來得式如一函求金甚急

都中盛行國朝畫家以四王吳惲吳畫罕見偶得墨井詩抄兩卷前有錢蒙叟序云劉漁山乃明都御史文恪公訥之七世孫閒詩於牧齋潤畫於煙客棄家浮海至西洋經數万里歸而隱於上海盛往來嘉定畫益奇逸年八十四尚存張樸邨小傳節鷗陂漁話云漁山老年好用西法作畫其後竟從西教徐紫珊跋漁山像邑之大南門天主墳有碑云天學修士漁山吳公之墓兩邊小書云公諱歷聖名西滿康熙二十一年入耶穌會二十七年登鐸德行教上海

康熙五十七年在上海卒于聖瑪第亞瞻禮日壽八十有七吳漁山入彼教雖有明徵也余嘗見日本畫法猶知陳老蓮之衣紋石皴多取資於東洋木料墨井之法又竊取於西洋也夫兼收並蓄前六法別開生面原無不可乃以物外之高人竟蹈泰西之邪教吳生竟不能以畫工論矣惜哉

十四日晴

送仲儒燧冬行　昨晨後滄兕文所以慰藉之者甚至

十五日晴

盛道來午刻為滄兕定課程夜樂山舊舟陸宣園詢樂山家事

為之愴𢤱竟夕

十六日晴

舊唐書李宓率兵擊蠻於西洱河糧盡軍旋馬足陷橋為閣羅鳳所擒新唐書同通鑑系之天寶十三載容齋隨筆四引高適集中有李宓南征蠻一篇序云天寶十一載有詔伐西南夷右丞相楊公兼節制之寄乃奏前雲南太守李宓涉海自交趾擊之往復數萬里十二載四月至於長安君子是以知廟堂使能而李公效節以證宓歸至長安未嘗敗死其年又非十三載也余案洪說甚泥高詩明

云前雲南太守李宓以十一載之後即通鑑所云劍南節度使
鮮于仲通討南詔國忠掩敗為功是也宓涉海自交阯為奇
兵故史從其略及至長安敘功十三載復討南詔以宓為
帥故通鑑書劍南留後李宓蓋宓以十一載立功十三載敗
績以詩證史歷歷如繪奈何合為一事乎其詩云師食據
田鼠晡餐盡蟆傳洪云味詩中程師非滕隸第高正敘其
懸師深入之艱非謂其糧盡援絕下云收兵列亭候拓
地彌西原滕隸非左密姐姐蒲騷牧以濡入以利繼以謀
入大杜耳

十七日晴

以元押張字寄九弟復載之書為溍兒定課程諭令校水經注溍

令抄文獻通考

陳眉公晚香堂小品無甚可取惟論淵明有深入處其意謂陶公

命子篇曰夙興夜寐願爾之才爾之不才亦已焉哉其責子篇曰雖有

五男兒總不好紙筆天運苟如此且進杯中物蓋先生不仕宋即

諸子皆不欲其仕宋故作詩自汙以晦其才之則必以陶氏門地族

矣此其心也善乎莊生曰以不才終其天年此之意讀陶者尚未

見及杜陵以不達譏之更被靖節瞞過矣

十八日晴

李贊臣來復呂子班書

閱爾雅新義江鄭堂漢學師承記稱余古農撰注雅別鈔專攻是

書及蔡卞毛詩名物解等書就正於惠松厓松厓以為不足辨

余謂農師此書附會穿鑿和說之未有不失義者然其於蟲

魚草木皆舍偏旁以本字釋之可以悟六書假借之理蓋草木

蟲魚皆後人加其偏旁孳乳之字其原名即為本字從何字得

聲即從何字得義決非漫然釋名專以諧聲為解新義專

以本字為解各得一義固可節取以為訂正經書之助

十九日晴

寄子涵一紙過梅若晚談

二十日晴

遣王福偕李怡庭至浙取書

二十日 陰

杜心垣来以舊拓八關齋来售索價甚昂還之寄都門青附吳之一函

二十二日晴

得鶴巢書

四朝聞見錄考亭先生太常初謚文正（下集云初謚文忠）考功劉孫臣覆謚謂先生當繼唐韓文公又嘗著韓文考異一書宜特謚曰文且謂本朝前楊億後王安石雖謚曰文文乎文乎豈是之謂乎皆從之自後議諸賢謚周元公以下如程正公呂成公之類均用字朱子功在四書諸經可以爲文如以韓文考異之故而謚悉從前之說猶確且文正文忠何遽不如一字之文亦不可解也姑記之以資考證

二十三日晴

韓芰舟孝廉来談得子涵書

二十四日晴

黄花農來借韓香所藏齊民要術校本

閱春渚紀聞其論琴云余謂古聲之存於竅者惟琴之音中時有一二

不患其竅之樸拙使人援弦促軫想見太古自然之妙然以爲

勝近日百器惟新惟琴器略無華飾以質古蛇腹紋為奇又有縫張弛拆而聲不散者亦不加完獨此有三代遺製云又云蔡中郎琴賦左手抑揚右徘徊指掌反覆抑按藏摧嵇叔夜云繁細頗纂攤贊抑按盤桓毓養從容秘玩人知藏摧毓養四字之妙頃試手調弦上勝常人十年工用鞠耦好琴匠以幽憂久不彈矣書以貽之俾知琴之妙理

褚彥回聚袁粲舍援琴奏別鵠之曲王彧謝莊并在坐撫節而歎曰以無累之神合有道之器彥回何足當之並以琴為有道之器自是佳語

二十五日晴

禝子涵書蓀郎寄草錦吟並序跋題詞余集唐十六首僅存十首其六首因涉牢騷删之蓋敬慎不敗之意也季搏曹来言陳冠生身後可憫

二十六日晴

過晦若

杉崖日記列子明於易有一則與乾鑿度同仲尼篇顏回曰吾昔聞之夫子曰樂天知命故不憂此繫辭爲孔子作之明文也歐陽公謂十翼非夫子作失之偏倫業惠說是也余嘗謂顏子冠四科之首不當學無所傳韓子題乎有顏氏之儒定是顏子門人其學著於論語曰約我以禮又曰非禮勿言非禮勿視非禮勿聽非禮勿動則所授受於聖門者在禮繫辭又曰顏氏之子其庶幾乎則禮之外又傳易觀莊子所述聖門弟子顏淵之詞最多皆與易理相發明不應

蓋屬寓言蓋莊列之派出於顏子學術之緒餘其流入於道家故不得不稍失其真而卽其精微奧妙以上窺孔子傳顏之秘知性與天道顏回可得而聞亦足以發者余讀莊十篇中詳演其義足與杞崔之說相發明於彩章讀者得間豎契惠沈矣

二十七日晴

得子涵書韓芝舟鄭進士輔東來

二十八日晴

贊臣來過晦若復子涵書

二十九日晴

黄臣及鄭觀侯来

閱郁離子四庫入雜家存目原十卷今止二卷四庫所存有天台徐一夔序此本乃章氏重刻本無徐序而有吳從善序本附載青田集中蓋基初仕元不得志棄官入山時作其書殊少精義大氐挾國策之唾餘而傅以山朝之浮藻幸而際遇明祖聲名日盛而此書今尚留傳儻不幸而死則其人矯首黃壤書亦覆瓿而已其中有極可笑者曰趙人患鼠乞貓于中山貓善捕鼠及雞月餘鼠盡而雞亦盡子患其父盍去諸其父曰吾之患在鼠不在無雞夫有鼠則竊食毀衣穿垣墉傷壞用不病於無雞乎吾將飢寒焉無雞者弗食雞而已去飢寒猶遠此以喻以將防敵雖貪亦可用耳然不思將之貪至於虐取其

民人措克其士卒食雞通能其勢且不暇捕鼠矣去猫之計固

疎孰如更求良猫之專捕鼠而不食雞者乎噫青田有感於明

之菹醢功臣為此矯枉過正之說非作於元時否則無取義也

十月初一日晴有風

陳伯平来

近日好用一代偉人四字魏志鍾繇傳時司徒華歆司空王朗並先世名臣文帝罷朝謂左右曰此三公者一代之偉人也語本諸此晋書燕載記韓恒傳後與李産俱傅東宮從太子入朝儁顧謂左右曰此二傅一代偉人朕易繼也前則纂朝之元老後則偏霸之師臣沿襲殊爲無謂至禿髮傉檀喪國積聲殊無足取而姚興遣使觀釁其尚書郎韋宗因傉檀機变無窮辭致清辯

六歎曰車騎神機秀發信一代之偉人則尤謬人晉史不加刊削

殆失之誣

初二日晴大風

仲彭來午後翰香來

何義門集道光間錢崇吳雲翁大年輯刻中有家書云閻百詩先

生扶病赴四府之招加以炎暑於初九日謝世東南讀書人又弱一個

惜哉個當作个原本如此竹垞先生近何如渠所得明詩綜前偶見五六卷

費日力於此殊不可曉詩之去取尤於無目高季迪名僅郭要

基社諸妾語論定那此已落破人口其詩語益有那將列眾以傳

中語從損改換據為己有者甚矣其寡識而多事也二十
年來所激愛之人一見此書不覺興盡封面一再日渠親寫八
分書便是二絕矣書名先書隸不肖是隸存移文在之流每
卷刻一州同同堂又在茂倫之下
挖挺安謂錢謙益列於詩集以記醜言偽之才濟以黨同伐異
之見遂其恩怨顛倒是非黑白混淆無復公論纂之乃編集
此書以糾其謬不橫牽他事巧肆譏彈所評品頗持平於於是
移愛之談多所匡正遂於詩之壁明詩之局蒙蔽之異而義
門謂是從損到於詩集據為己有此必有憾於竹垞而為此
言不過文人相輕也特不知義門選時文費目力於此又何益耶

初三日晴

伯平來談泰生自河工回孫小雲及族弟佐軒佩紱來得慕韓書

陔餘叢考引王充論衡云左氏傳經詞語尚略故復選錄國語之詞以實之啖助謂國語非一人所為蓋左氏集諸國史以釋春秋後人便傅著其明也雲按韋其說以為左之采國語仙人之脫胎換骨也史記采取國語左傳則天吳災亂顛到禍福也余謂不然史記采左氏乃刪節之其不同則左氏本古文子長與子駿釋文同異耳左氏當日所據書不止國語是以互有詳略凡一切典禮語言決非任意增損者

初四日陰頗寒

小雲佐先後來寄都中書晚過晦若

陔餘叢考云新書李泌傳德宗謂泌曰人言盧杞是姦邪朕殊不知泌曰此乃杞之所以為姦邪也舊書杞及李勉傳則俱以此語為勉之言而泌傳不載通鑑綱目與新書同舊書應誤余按新書及通鑑均取諸鄴侯家傳似不得與舊書爭審也時杞由新州除澧州刺史袁高以杞奸邪貽來塞責忤德宗召勉論及勉所對失指以是見疎由此罷知政事而李繁據美誣善有以見家傳之不能核實宋子京司馬君實均過信而采之誤矣

初五日晴

劉仲儀來龔庠庵亦至宗湘文寄抄本孫兩人弟子職注與前慕韓

所寄共兩本均抄自仁和丁氏也作書復之載之亦有書至

頤千里集有刊者刪去學制備忘記與段氏駁難諸篇余深恨之其與

阮雲臺書謂近人痛斥王子雍而不能言其所以然又讀說文反復有

專是許氏自有義例具在本書後來治說者馳騖於分遷相矜

炫非徒使許氏之指沈晦且他書亦皆牽合附會意頗刊落浮詞獨求

真解就本書之義例疏通而證明之惜潤蘭續未卒以求其言則

確有心得本非漢學家者文之節之未能就一書融會貫通深中其病

于卅堂石影

初六日晴

伯平來辭回大名

伯平好填詞余未嫻詞律每不深談而伯平強之因詢以所好何家以竹垞樊榭對因來每以醉蟹下酒余因舉樊榭張龍威送醉蟹詞云無復爬沙樣風味付廚娘纖手紅椒擘擣匡只合糟邱葬春雨瀟瀟夜窓背燈情況畫眉人百分將只是糟邱一面說醉蟹耳餘亦蟹之佳詞記樊榭又有酒蟹詞草泥纔罷沙邊田不共茶鐺煮翠㽎漁舍西風成非夢醉鄉清味破中堅只留早莢看燈夜餅非黃花小雪天可惜老饕情思淺只將

一種為屬傳情意亦不切所賦以其樹之體物並且未盡巧合

詠物詩亦甚難矣其詞與竹坡殊未能超頓也

伯平又云於宋人喜姜張喜吳夢窗吳文英詞稿汲古亦刻之沈義甫云

夢窗深得清真之妙其失在太晦張叔夏亦謂其如七寶樓臺拆碎不

成片段沈伯時樂府指迷稱與夢窗論作詞之法並又知詞難于詩蓋

音律欲其協不協則成長短之詩下字欲其雅不雅則近纏令之體

用字不可太露露則直突而無深長之味發意不可太高高則狂怪

而失柔婉之意此謂詞家秘旨然詩亦豈有不協不雅直突狂怪以

為工者詞究詩餘有工詩而不工詞者未有不工詩而能工詞者也

初七日晴

稹軒辭行午後送伯平夜過容氏聞江底走占仍未合龍

初八日晴

花農泰生均來午後陳介庵以所書散館卷過余略話而去洪魯軒由里來津晚得九弟書

潛邱劄記云者不分銀錫而銀皆稱錫衛風如金如錫金為黃金則錫非銀乎考工記攻金之工皆曰金錫金即銅錫即銀也故曰金異分錫居其以為斧斤戟刃之屬㮚氏為量首金錫聲中黃鐘之宮假如以今之錫豈可摻和作斧斤戟刃而量能聲中宮乎況今之

錫与銅亦不可糝和以冶也史平準書漢食貨志皆稱銀錫、武漢造銀錫為白金其稱猶為通言也越絕書赤堇之山破而出錫若邪之谷涸而出銅歐冶用以為純鈞之劍尤可證之鑄兵用銅蓋必兼以銀乃評利也余按百詩此說殊誤考工記攻金之工築氏執下齊冶氏執上齊鳧氏為聲㮚氏為量段氏為鎛器桃氏為刃金有六齊六分其金而錫居一謂之鍾鼎之齊五分其金而錫居一謂之斧斤之齊四分其金而錫居一謂之戈戟之齊參分其金而錫居一謂之大刃之齊五分其金而錫居二謂之削殺矢之齊金錫半謂之鑒燧之齊㮚氏鄭注量當与鍾鼎同是亦六分其金而錫居一者當聲乃金聲非

于艸堂石影

錫聲也說文銀白金鉛青金銅赤金鐵黑金金以黃為之長而銀鉛
銅鐵皆可以金該之錫則銀鉛之間故詩及攷工記均以金錫並
言不得謂錫中無銀正不必謂錫即指銀也

初九日晴

馬弁振芳自宜昌回李怡之庭及王福亦報今日由杭赴程

初十日晴

至海防公所晚過晦若一談寄王廉生許鶴巢書

十一日晴

延劉仲儀秀才課讀到館李賁臣洪翰香作陪

十二日陰

午後佟蓮　來范肖堂過談復載之書

閱浮沚集永嘉周行己撰提要稱其早從伊川游傳其緒論陳振孫稱為永嘉學問所從出其學雖從程氏而與曾鞏黃庭堅晁說之秦觀李之儀左譽諸人皆相倡和集中寄魯直學士一首稱當今詩伯眉陽蘇新詞的皪無明珠于蘇軾亦極傾倒絕不立洛蜀門戶之見觀集中有壽時相三首云皇天祐德必生賢宰尊主功高五帝前嶽肖昂精采間氣彭聃壽齊年遠無憂患身先退近有湖山樂更全祇恐蒼生須試傅每問人誦袞衣篇每問人

誦袞衣篇文僖居臣屢會年臘雪已先調鼎實春風還赴作霖天經綸道具心源步損益時隨世變遷當已旰宵懷精德非公誰與濟商川非公誰與濟商川年德俱隆文武全省事省一民自空足兵足食務當先寡鮮恥治惟無擾置範期安在不偏公壽且千歲且万四方永永樂堯年其詩中相已羅退玩省以省事及寡鮮無擾決爲元祐中宰相以爲范忠宣則文武兼資似爲過之並亦未及其躬謫事豈作於忠宣來貺之先耶並賢如忠宣即何必名爲時相乎當細攷之也

十三日晴晚陰

答陳介庵晚仲儀來談黃泰生以先集乞序夜閱數冊

近日讀書每苦愛博不專雖手不釋卷而掩卷輙忘因憶朱子有言昔陳烈先生苦無記性一日讀孟子學問之道無他求其放心而已矣忽悟曰我心不曾收得如何記得書遂閉門靜坐不讀書百餘日以收放心卻去讀書遂一覽無遺始知為學不可不先治心也又云讀書無疑者須教有疑有疑者卻要無疑到這裏方是長進以此二說參之東坡八面受敵法須以專靜反復求之庶不虛擲光陰耳

十四日陰微雨夜雨止作霰大風

過晦若略話閱子壽文集竟

十五日晴

花農來莫蘭暮辭回粵東

朱子頗疑古文尚書故閻氏以下攻古文者均援朱子爲證西河既爲古文冤詞即不能不詆及朱子然朱子疑之未嘗攻之如人心道心之別屬有問答未嘗以爲僞也而今文中亦頗有致疑者如康誥外事與肆汝小子封等處則曰只合闕疑君子所其無逸東萊解所字爲處字則曰萊某則不敢如此說蓋當日於尚書未能通貫徹故

興春秋昀未有論著既已見賢者心虛處甚偶有一二乃極通達
如鮮金日從革從者從所鍛剷革者又可革而之他故與曲直稼穡
皆成雙字炎上者上字當作上聲潤下者下字當作去聲亦此意達孝
以從革為從橫以篆文黃字為革近也
並實從朱子之說惟當從橫雙字康誥天畏棐忱猶曰天難諶引
顏注漢書云棐古匪字通用孔傳訓作輔字殊無義理又云率
乂于民棐彝乃是率治於民非常之事是也蔡傳不從何歟乃
淵按古文則以朱子謂古文可曉今文不可曉為病而西河又以朱
子疑古文為非皆非能通觀朱子全集而執單詞以為口實
耳

十六日陰

晦若來時同　慈壽外史及鹽商均報效官員三萬商八萬

也元公子桐寄渠父摺件求撰行述

閱吳禮部集有題牟成父鄧平仲小傳致大略為吳曦之誅實楊巨源李好義等義士之功為安丙輩媢忌掩沒李心傳朝野雜記亦略於巨源近有續陳均宋編年者頗載巨源事而復以擅殺孫忠銳之罪錄之惟俞文豹吹劍錄具載巨源本末併所撰諸書及丙与彭輅謀奪巨源兵令樊世顯殺之大安城下又言其妻子流離困

義狀使人憤惋平仲之志壯矣使平君不死世未必知之也今吹鉶錄抄本載巨源亦略賴宋史略采之而鄭平仲事竟傳不可考矣以禮部之疏何但詳巨源而轉不略采平仲之事實乎李好義亦遇毒死禮部載其詞有云遇蠻那封侯又云廳上一員閑懸壁門前萬個發蹤跡內路悵之不還深怨安丙之作安院攘功鄉得佳傳而楊李事蹟新記所載均有專書惜今皆散佚矣惜哉

十七日晴

仲彭來談得安圃書陸蔚廷寄史館子傳得稿未十五年而始成可既也胃堂陪吳摯甫通哉適晡時謝之

禮部有跋司馬丞相人物記一篇云文正人物記其間書元祐元年或書丙寅正以爲相時也蓋因其所見所接者記之而時疏其才行賢否於下而所記如蔡京卞曾布輩亦不知何以處之禮部既獲見真迹如京卞布三人之下所注爲賢爲否殊不詳言閱甚文正以受役一事深賞蔡京謀不以爲無才余嘗謂司馬入相已是暮氣衰而印見委則舉錯必有大乖物望者非苛論也

又跋半成文濟邸事略曰攄方回所跋寶慶錄謂彌遠阮訪求得理宗楊后欲見其人因察士日令理宗入內廷后于々簾中審視之計遂々定之年則謂寧宗崩彌遠夜召理宗使楊谷楊石白后々持不可七往返以危言聳之乃從當方所記異以事非々之方記當是今宋史於楊后傳全采半說而鎮王竑傳直謂彌遠之立理宗始終籍鄭清之傳語事前初未相見者恐權奸布算必不如是之疏忽也清之自附義類半既能發其隱而曲爲底諱未知楊史當日雖遂甚疏密矣

十八日晴

復安圃第九書交都寓

永嘉之學如葉水心乃一大宗其議論斷斷焉與朱陸相抗爲鼎足其言務爲新異尤背謬者則爲不滿曾子一貫之傳古今無聞言水心以爲忠以盡己恕以盡人雖曰內外合一而自古聖人經緯天地之妙用固不止於是子貢能分截文章性命自絕于其大者而不敢近孔子丁寧告之使決知此道非未嘗離學而不在乎學也所以識之者一以貫之而已是在子之易睦康不若子貢之難曉也于退言之學但夸大曾子一貫之說而子貢之

所問者殆置而不言此又吾之所不能測也至謂一貫之指因子貢而發繼明因曾子而大迷夫子不嘗答子貢一言終身之問曰其恕乎以一恕字豈以終身安得謂忠恕非體用兼備之學哉至曾子有疾孟敬子問之一章時以曾子親侍孔子之道死且傳之于人原屬過當而收心以為君子所貴乎道者三而籩豆之事則有司存等是所貴忽其所賤又言一貫之旨不合故世以曾子為能傳而吾以為不能矣曾子之遺言大戴十篇及散見於論語大學及禮記者不少乃獨觀此節以為曾子之道非孔子之道且曰以曾子問禮及雜記諸禮與儀禮致之

益知其所謂籩豆之事則有司存者蓋曾子之所厭而不講者也能然籩豆數也數所以出義也孔子高足徒未嘗不習禮雖逆旅笈舍不忘貧而為一孔子之所守也執精曉麗日未失本皆其所惟也抑若曾子生平惟有此語竟皆實曾子為棄禮者不知禮有本有文容貌顏色辭氣籩豆皆禮之文也動正出則必有其本矣其人既近信而遠於暴慢鄙倍已得斯禮之本則籩豆之事自有司存固不必下親其事衛靈問陳孔子曰俎豆之事則嘗學之矣軍旅之事未之聞也曾子豈不知孔子之習禮者而故反其說以告敬子哉孔子嘗曰我戰

則克又稱靈公以王孫賈治軍旅者以人而告靈公則以軍旅未

學為言不欲從其好戰之心也曾子生平問禮最詳而告

敬子則以籩豆有司存為言不欲啟其逐末之心也且孔子亦嘗

告懿子以禮矣而三家僭禮如故蓋子於此為之詳陳度數

則雍徹奚取於三家亦自有難於盡言者使之先去其

暴慢鄙倍之累則返而考之儀數節目之間亦當悟其自

得所謂歸而求之有餘師也此心學從徑料入一偏至此可謂

不善讀書

十九日晴

仲儀來話秦生亦至晚允言同送其婦來津匆匆晚飯即去
據云襄道肥膚過瘦均可慮也
魏文靖答人書云多看先儒解說不如一一從聖經看來蓋不到地頭親自涉歷一番終是見得不真來書乃謂只須祖述朱文公文公諸書讀之久矣正緣不欲於賣花擔上看桃李須樹頭枝底方見得活精神也佩綸案鶴山此說甚壯非獨宋學不宜泥於朱子即漢學亦不宜泥於許鄭也凡治經貴妙於以經證經較之專用力於注疏者自有卓見又貴妙於即本經反以尋味自然得其脈絡之所在較之專析義於衆說者自有真知

不獨此也為文而專主一家制行而依傍門戶皆為無本無本而欲其卓然自立久之終於無成故士君子自弱冠以後當以立志為根無一事不溯根探源擇善而從博觀約取凡事自立明面而不可專守一先生之說以自畫今作古文者剽竊相織而不知上溯秦漢談漢學者涉獵說文而不知上溯羣經講宋學者幾於絕響即有之亦不過摭拾語錄而不知內治身心精而學者居道旁明實亦採一二譚此之者人云亦云為趨時捷徑而二三大人先生傲傲焉舉國從之而究未嘗窮西學之所由來亦可慨也鶴山之語窮達以之自然有毅然獨立氣象

二十日晴

還梅若午後李怡庭及王福取書回共一百八十五箱書百八十二箱三箱雜帖無佳者

二十一日陰

得勞玉初書丁季華辭奎宅館作一函寄孟虞

二十二日晴

費臣翰香詢來

閱宋本陸士龍集乃項墨林季滄葦舊藏前無序目蓋已壞挖宋諱構字闕筆則南宋本矣士龍誄文校士衡稍弱人品則勝其兄其與兄書云二祖頌甚為高偉雲作雖時有一佳

語見先作又欲成賀伶家而其規士衡處則亦猶其才多

為集可云謀日甘苦矣其論蔡伯喈云素獻有蔡氏文畢

餘卷小者六七卷大者數十卷文章亦足為多然其可貴

者政後是帶碑文耳（碑下應有闕一字而宋本連刻故亦未精）又云蔡氏所長惟

銘頌耳銘之善者亦不及數篇其餘平平耳先詩賦目為總

域不當稍為比校既目伯喈祖述衡而徼作一時又欲以迷所作

頌於蔡氏是其所慕手追乃在中郎雖譏賤之實宗仰

之也千秋定論邕附郿塢陸附成都同一披猖文人未跋掏

被無識之嘆亦可惜矣

于艸堂石影

二十三日晴

宜堂來因其戚熊錦孫館事 名道鑫江西廩生

二十四日晴

過仲儀略談

二十五日晴

呂庭芷前輩來、盛杏孫之父卸關道赴南、黃花農代理、張宜開

孝廉來見 名燦文閩漳生徒

閱蔡虛齋集 清 有岳飛班師論、大意以將在外君命有所不受、公素好左氏、何不執苟利社稷專之之例、而以不得擅留一

語自誤託有人駁之謂諸軍已撤方一共利進退皆非自以駁者爲甚茂之見廬齋則憤激之詞也又看幕陶執贄瞍疑一篇大旨謂舜爲天子其父必無殺人之事其說甚正孟子所節極言執法不當避權貴不知舜爲天子瞽瞍亦底豫舜斷不致釀成其父殺人之獄如周世宗之父守禮也廬齋之學初主於靜既又主於廬（東序）林後見汪而贊學時與林見來並爲當唐人所嫉別去遂隱于政趙祭酒而廬齋已殁矣集凡五卷余與宗能細讀始探其晚於所

二十六日晴夜大霧

伯潛寄福橘秦生來新孝廉陶喆甡字仲明高淩雯字叔彤來

見聞津生徒復伯潛書

買得大瓢偶筆抄本李後主云後世李家可得右軍之一體

虞得其美韻而失其俊邁歐陽得其力而失其溫秀褚得其

意而失其變化薛稷得其清而失于窘拘顏得其筋而失于

麤魯柳得其骨而失于生獷徐浩得其肉而失于俗李邕

得其氣而失于體格張旭得其法而失於狂獨獻之俱得

而失于驚急無蘊藉態度此評殊有根據但歐甚秀褚

变化而張之可取因改其語曰既得其力而失其变化猶得其巧

而失其拙張曰其变化而失其收斂未知有識者以予言為何

如也郤八不能書姑識之以資攷證

二十七日晴

過晦若略話

二十八日晴

以孫敬軒先生希旦禮記集解授功兒孫約鄭孔及衛某說而間

下己意甚便初學江廣合龍張稼傳吳黃臣功觀蔡伯來

閱鄱陽集十二卷宋彭汝礪撰乃彭文勤家藏寫本文勤

跋云鄱陽先生集晁陳兩家不著錄馬考亦無之宋史本傳著
易義詩義詩文集凡五十卷此本標文集僅詩十二卷非足
本也近嘉善曹氏輯宋百家詩存所選鄱陽集無出此外
者浙江遺書目錄亦寫本十二卷或流傳祗此今饒州諸
宗皆祖先生不審有無家藏本它日當訪之無則當
勸鐫之乾隆癸卯燕九日記四庫所藏亦十二卷本所云古律
複誤之病文勤均已更正於下間有校注罷資立朝侃直
風節懍然神宗命中人王中正與李憲主西師汝礪極言狂
廷歎服因論呂嘉問事與蔡確異趣及確為吳處厚

所誣又力爭得罪人以此益賢之東坡作六祖贊稱与范資往還集中亦多与僧往還之作偶耽禪悅亦北宋文人習氣不足為范資病也惟其弟汝霖竟附曾布元祐之禍再興汝霖請擢紹聖黨籍不必復指名彈擊於是司馬溫公以下復行貶削此則小人之尤殊足為賢兄玷耳為弟汝方殉方臘之難史云汝霖字巖老汝方字宜老集中有寄君時君宜弟詩疑即其人又有寄兆宜弟詩云池外牆頭花枕在會應留著待君歸其友于之誼亦甚篤也

二十九日晴

秦生來談為余審定藏帖午後無事寫正孺書

三十日晴

十一月初一日晴

櫂舟回得廉生復書言朱慶之去以周禮晉書及兩漢會要為贐蔡夢弼史記咒之其額曰在唐宋元明鈔本各集

初二日晴

晚過晦若

十駕齋養新錄云舊晉書無劉伶畢卓傳新書始增之劉遺民曾纘晋于檀氏春秋有傳今晉書無其名據文選四十七劉伯倫注引臧榮緒晉書曰劉伶字伯倫沛國人也志氣曠放以宇宙為狹著酒德頌為建威將軍卒以壽終是臧書有伶傳不知竹汀之說何據新晉可議誠處不少劉知幾所謂以干鄧所糞除王虞所糠粃持為逸史用補前傳者誠為塵黷在今日則已擷其源睹不獲其蕪穢矣

初三日晴

仲儀診余脈，據云病在中焦。黃秦生來，留楚寶𠫂所收書

碑數種：北齊蘭陵武王及高翻孝宣公碑

初四日晴

孫大及佑先來午後嚴範孫自都門假歸過談李怡庭至晚飯談去

書三行

閱歸田類稿元張養浩撰四庫輯大典及明本得雜文賦詩

五百八十四首釐為二十四卷明本則二十八卷後附文忠碑錄像

黃校明本多一卷乃朱竹垞先生藏本寫手古抄其中斷裂

殘闕無依原本殘從元刻影抄者所據本回非初印殘明中葉抄

本也蘇天爵輯元文類僅錄養浩文二篇明葉盛水東日記

頭以告戴褳燈山疏為識漁洋得其王友開墓志載之皇華紀聞此本則俱有之殆輯大典時所援即是本故惜不得四庫本互校之也末畫像乃泰定初元謝事閒居時所畫鄞陽劉昇贊云立朝之言閒居之跡懷乎高風千載一日虞道園有挽希孟詩云十年七聘不還朝起為錢氏夜驚軺轟樹百年誰忍伐生芻一束不能格西州華屋要淋少壯湖海清尊意氣銷歇窮簷南居士傳泉聲山影晚蕭蕭可以想其生平矣秘閣詩稿不得見集中詩稿清蒼卓然一作手也復檢周永年刊本二十卷不附之事迹告藏從四庫本而廿四卷删併之迹不具校此本互補

初五日晴

有蒙古官蘇達納睦求見因合肥以請見之乃喀拉沁旗世襲四品
塔布囊烏梁海氏時從其王來津據云嘗從穆圖善因緬游
琿春一帶見俄孫中翰岌岌可危並言四十八盟之弱漢應為
俄所并　蘇字子愚其妻莊邸族人　湯伯述來談蘇保甲局擾
亟言道〻艱頑欲甄飭民以為識別李守田局執弱難與共事
耳午後合佐先孫大田李松庭及蔣觀瀾來至館與仲儀話
知其兄女嬰以事為府縣所窘晚遇晦若及容民

初六日晴

吳賛臣來談夜患咳容氏過話久坐

初七日晴

咳未止命僕輩檢理書籍聊以自娛晚李怡庭來夜范肖堂

以近作一冊見示仲彭來館雜談

初八日晴

怡庭回都寄復蔚廷康生兩書均交之咳止仲館來齋中少

坐貽戴文節小品一冊秦生來以元秘塔與潛見

初九日晴

復朱亮生苦至祁書午後伯述來議志事

初十日晴

花農來此心擾擾不靜微有寒意黃昏過談寄劉獻夫書

閱宋劉習之學箕方是閒居士小稿習之崇安人劉韐之曾孫子翬之孫劉玶之子也方是閒乃其堂名閒居不仕自號種春子四庫著錄者乃黃元鈔本此則屏山書院復刻本也劉淮趙蕃兩序已失去惟存趙必𢡟及習之自記與其明人游柳叢跋誤柳四庫作栩棲寄謂劉淮稱其詩摩香山之壘詞相稼軒之肩詞如和稼軒金縷曲忠孝之氣要之務上置之稼軒集中不能辨詩則稍快稍麤與矣山又別一格余不解詞其詩殊有快麤之辭殆於斯事不深獨愛

其東也誰監科以言首罰云讀書不熟箋注泥生奚用偉財詩
吟一首兩首酒飲三杯五杯不偏並目是亜方以讀之徹偉財者目
瞯之視之所之箋注殆與持叠擬算同為不禁厲並掩卷
笑此本爲李滄葦故物並有樸李頭請梁所撰之章 元抄本補全劉趙二序 十二日復檢得景
十一日晴午後陰有雪意而未成
李搏霄來將以阜興入都引見潘江代理寄九弟書心跳之病亦瘉漸
能讀書矣
閱馮少墟先生集先生云有經世之學有出位之學有閒修之學
有私己之學以出位爲經世以私己爲閒修此學者大病並有經世

之學而無出位之學便是闇修而非以不講為闇修有闇修之學
而無移己之學便是經世而非謂講經世之學者當皆出位將友
之人佩綸梅伸將此說尤煩甫之經曰闇修經世之學而已宋之末
派心性章句終如縣形而於世務茫然不知此不能為經世之學亦
不能闇修者也闇修之學經史子集皆是經世之具修己而已
不必聚徒而講所講明之亦不過二三四知己以入道者足矣講所
謂奢所不移己已出位矣吾以為今出位不如移己也近日之二病
則又患世太不講學要於孤陋者既不知所謂闇修習於貴仕
者又不知所謂經世矣

十二日晴
仲儀過齋中復診止藥
閱說學齋稿有浸銅要略序一篇其略云德興張理以國家方更錢幣之法獻其先世浸銅要略于朝宰相以其書之有益經費為復置興利場至正十二年二月授理為場官使董其事宋盛時三司度支判官許申能以藥化鐵成銅久之工人厭苦之而罷今讀其書紹聖間其說始備蓋元祐元年或言取膽泉浸鐵取鑛烹銅其泉三十有二有五日一舉洗者有七日一舉洗者有十日一舉洗者政和五年雨多泉

謚所洗浸為蒙多理為宋參知政事忠宣公盡之病從
祖懋及其父遜均以是書在元武宗朝為揚官采鑄而
嚴不知理行其術果有效否以泉浸銅不知何用藥否
惜原書不可見而序中不及其藥名洗法也克虜伯礮
廠有鍊鋼為鋼之法亦秘有一藥僅二三老匠知之而
中國已先有此法攻工共傳致西洋用機巧以擅富強
而我之大關人治勘有師承罷如成蘇上氣按官吏一切聽之
殊可歎也鴻無刊本當從臻嚴川所輯展轉傳抄
廷尉別有輯本視臻本增多可寶也

十三日晴

與梅若談晦若贈四川通志一部（余欲備各省通志也）心氣仍未舒不能多閱書也

十四日晴　亥刻冬至

洪翰香疎道班改委會辦水師學堂過談陳介庵來晚至仲彭處小坐

十五日晴

韜香黃臣均來是日　廷寄許振禕兼程來京陛見會勘永定也

晚得蔚廷書

十六日沙霾蔽日天作金色晝晦至申時始止

吳黃臣來論永定河事午後曹蓋臣亦來談河事以下口當改求

賢屢獻議不見納意甚怫然次則擬從盧溝橋作遙隄二十餘

里可以過水溢漾都城之患云

十七日晴

花農送菜八罷以餉蓋臣過晤若小坐

十八日雪

閱節孝先生集（中有論管子兩事可采）楫舟回得安姪書合肥亦示許仙屏電會勘永定意甚謙長（後復來函電則頗興高采烈也）許亦非治水才豫引之耳

公嘗言賈誼篤好管子卒為管子所誤何以見之公曰管仲識奇才所言所行皆適于時宜其言幼官則非也賈誼亦一時之豪士其法乎管子者非一且如言色用黃數用五殆為多管所誤也其一則四維雖駁柳柳州（仲車門人江端禮錄故稱為公）

東坡稱積詩文恠而放如玉川子樓安謂似盧仝而大致依經立訓不失為儒者之言則非仝之所及惟復河說不究地形不明

于州堂石影

水勢欲求九河故道實之未免失於迂僻其讀錄已單行
故四庫分之所收乃明嘉靖劉裕重刊宋黃定之翁蒙正本
此本則宋淳祐間王大亨所編刻而元大德中一翻本也
仲車括人弃我取人取我與以為學者之法東之曰學能知人
所不知為文用人所不能用斯為善矣操論如此固是凱異
於流俗稍不自持其說於乖僻一路不足為訓安定言行
錄又載仲車見安定之侍姬問安定曰門人可見侍姬
否如何答安定曰莫要排仲車從此悟入殊不可解
豈記者過於形容轉失其本意耶

十九日雪未巳

復蔚廷書

孝宗在宋允為高宗幹蠱之令子其志在恢復而迄用無成論史者至今惜之然其故由於發之太驟而持之不堅不能盡諉諸運數也建炎以來朝野雜記謂上於張魏公禮貌之隆群公莫及符離師敗上眷頓衰虞雍公包撫西師上親作詩送之恩禮尤盛虞公抵漢中未踰年而殁以虞趣師期不應甚銜之二公皆追謚夫魏公當隆興之初力任命而赴承大和弛備之後必物色

將才整飭戎備始能言戰乃上方銳意恢復浚久在行
間屢經敗挫動不加以慎重仍以粗心浮氣應之雖
半為史浩所撓實則咎由自取孝宗既失之於張中
復牽於和議氣已中餒及授雍公以宣撫自應久任而
責成功乃臨行有西師出而朕遲迴則朕負卿朕已動
而卿遲迴則卿負朕之諭急遽無序仍欲以張戰制
勝金何其淺躁而不諳軍事也雍公之死安知不因屢
趣師期而西軍實未簡練以至憂憤而亡乎故主
戰者當慎之於將而持之以堅斯得之矣

二十日晴

得澗民師書論中孚六郎隨事范肖堂以余評其詩稍作恧

告贈七律一章午後趙菁衫吳壯孫均有書至

二十一日晴

呂定之前輩來談午後答嚴範孫久不出門藉以排悶也袁啟之來範孫云永清朱槐之祜三及其弟權之楹之家有藏書三人均博洽兩孝廉一秀才

二十三日晴

黃花農來談傅瑶軒同年式芳自博野至新河掌教由吏部改知縣候選年六十矣午後過梅庵小坐秦生來復劉師書

閱勿野集宋熊禾撰禾初名鉌字去非號勿軒又號退齋建陽人咸淳十年進士授甯武州司戶參軍宋亡不仕教授鄉里以終撰易學圖傳二卷春秋通義一卷四書標題一卷詩文三卷補遺一卷蓋明天順中舊刻稍為完帙惜前列許衡序稱其晚修三禮通解時脫稿竟以疾卒宋署至元十八年而禾卒於仁宗皇慶元年自至元訖皇

慶相題三十餘年依託題並此本亦八卷卷一序跋銘約卷二記卷三記族譜卷四文疏上梁文卷五啟劄卷六經籍說祭文弔慰卷七詩五言卷八詩七言長短句詞後有附錄則四庫所收天順本詩文皆非完帙亦如張清恪所刊多所刪削矣倘合兩本刊之可得十二卷庶而軒經義詩文均免散佚耳嘉蔭簃藏此舊寫本末附錄亦有關業而轉寫許序於前未免佛頭著糞也養新錄載朱子元孫淵洽潛溪潛溪集中有考亭書院記云三世孫朱沂充書院山長沂後四世孫椿龍襲其職則朱氏自松之後五世皆從木矣可補一證

二十三日晴夜微雪旋止

二十四日晴

復允言書並以宋本廣韻寄康生夜得九弟書肖堂來話

二十五日晴

白趙州李贊臣同來九弟電欲與夏太守獻銘（字子新新建人）連姻其庶女與單光同歲也復電報諾遇晦若

二十六日陰

洪翰香來

欲改定州志檢吳卓信漢書地理志攷證右於平山甚寥寥閱甚

閱滋溪集蘇伯修以身任一代文獻之寄既著元名臣事略集三

十卷碑版至百有餘篇此本乃東武劉燕庭所藏實得之朱笥

河者茲復疏于余伯修研究掌故其碑志行狀並以攷證元史

之疏而所紀多北人尤足補畿輔志乘之不及惜無力梓而傳之

思別取姚虞諸公及茲集碑版作元史補未知能成否伯修

長于史例其寄歐陽原功之書所質疑所論極精遼人之書余所存

龍龕手鏡耶律楚材所進耶律儼實錄不知果入遼史否不可攷
矣其論宇文虛中以譏訕構貴被殺並無乘金主郊天舉事之謀
海陵死後徒單后亦無被殺之事宋太宗燭影無避之嫌復為可
疑之明是贋史證也

二十七日陰

吉雲帆觀察來

閱清江三孔集彭文勤知聖道齋鈔藏本提要作四十卷直齋書
錄解題稱文仲二卷武仲十七卷平仲二十一卷與四庫本合
而彭鈔及小山堂兩抄本均止三十卷平仲共十一卷豈彭殘

佚後十卷耶文勤不應不見四庫本也經又獨取李刪謂其志在安宗社而尊君父而惜其不謙厚沈默以致甘露之禍當又不恥陸贄以其与吳氏弟兄爭寵及與于公異有隙發其舊惡而擠之及疑李吉甫以為胷中太淺不足任天下之重嚴又似闕故無史論夫刪國可原而無如進由宦寺執贄亦可議而無如奏議卓卓實佐中興今欲求立異於史評而所詆者乃在李刪所摘者乃在宣公是何異處元祐之世貴蔡京而劾程子耶文字雖新未衷於道也

二十八日陰

花農來得三兄書

二十九日晴

白趙州來辭行復三兄暨安姪書午後趙守香來屬其訪求吾邑先達所著詩文集過晦若小坐得〻廉生書

三十日晴

楫舟回又得廉生書安圃寄百合粉米

閱許白雲張光弼陳夷白三集皆金氏文瑞樓精抄後錄法梧門展轉入結一廬梧門不以藏書名而所收甚富蓋其時舊本易得不如今日之難能可貴且見老輩無不儲書決不如今之名士手一二唐宋人集便驕人以粗釋睨一切也

十二月初一日晴

翰香采林守昌虞来見顧禾之子秦生雜話良久仲彭過我論古今文尚書得康生所寄許翰及冀北穀梁集解糾繆

閱樂静集宋李昭玘成季撰李有赤家抄本東武劉氏仁和錢氏傳錄者有黨振趙之墓銘其先北平無終人似可采附黨晄傳之後也

成季有上顏朝奉書中有云見諭子由先生云管子中有佛書精要處此亦無可怪但至理無二言會於理使為真際井巷常談出於鄙夫鄙婦有與聖人合者理不外是故也

鬼谷韓非之書推本道德時近元首二子安足知老子哉
其言適中亦莊氏之時固未聞有佛縱有之亦不為佛
觀其書者喻其理可矣安在學所謂耶昔人有談不死
者或從而學之未及問而其人已死猶恨其學之不早
或曰謂不死而其人已死乃誣也奚恨曰彼雖死安知其
無不死之術正如莊氏未知佛而其言有似之也余按
佛書來自西域六朝人以己意譯之大氐竊取諸子諸
家以乃佛竊莊非莊似佛也子由說迷於佛老既以
孔老為一家又以莊佛為一毋謬哉

初二日陰

晦若言伯述約陳建侯修志無成許庚身卒徐用儀入樞垣

初三日晴

閱默堂集宋陳淵撰淵字知默官至宗正少卿龜山高弟了齋從孫宋藝文志作二十六卷四庫所收止二十二卷此本卷數與提要同提要謂其論淵明不知義力崇洛學而於了翁之事佛澤之推獎未免牽於私情余觀其論和戰三疏有云彼之意常欲戰不得已而後言和我之意常欲和不得已而後有戰洞悉南北主臣心曲又云荊州人為關侯家置一祠堂中之語度非侯之所欲則必相戒以勿言以此證之則忠義威靈在宋已甚不猶於明也此足見神之久遠矣度乃默堂之女夫見集中即編定其集者

初四日晴

得鶴巢書李賛臣來寄安圃書交都厲

閱龜巢集元謝應芳撰有學書一篇云訓蒙者率以上大人二十五字先之並所謂三千七十路若指孔門弟子而言乃第四字乃聖人名諱理合迴避豈宜手之口之以瀆萬世帝王之師乎其末兩語亦刺尤甚故甚不揣狂瞽昔易之云云上大人為村學究所秘不意元末明初已有之今第四字作孔甚即謂所易歟集中謂名蘭疑應芳其字或以字行也文甚平淺樸安穩之遺矣

初五日陰

為伯平撰其弟文巖墓誌過晦若伯述在焉容民述呂庭芷以其家藏胡忠簡小像研求題研蓋有成化二十三年泰州儲瓘題庭芷曾祖劬心先生定為儲文懿並文懿名瓘明史文苑傳及列朝詩傳進士題名錄均作巏蓋為儲作無疑

閱澹庵集三十卷明鈔本曹倦圃舊藏也案忠簡集百卷本傳又作七十卷志四庫所收僅六卷乾隆間其裔孫灃刊者二十二卷補遺三卷附錄二卷共卷數按祠堂本尚少本知遺失殘闕柳胡澧所刊刻殆裒輯故殘缺非舊抄也余所藏六卷乃知不足齋抄校本

澹菴一疏金人購之千金爲秦太師批抹至孝宗始修劉
褒贈之典隆興初忠簡亦徒榮其身未能用其言也行
事建康何以中撥和議必不許何以中變復以攜學舉人
被劾且不能久安其位是孝宗恢復之志始則失之太銳
而廟算未周繼則失之太餒而虛文相飾耳集中水戰
論一篇極精似欲練吳楚水師爲直擣勍虜之計特
引而不發借古抒憤上張丞相書謂今之所以戰者
其法出於一定之計抑出於倉卒而僥倖一時則足以破
魏公之退殘之兵者患簡也惜魏公亦忽置之

初六日陰

張芸叟云退之詩惟虢園二十一詠爲最工語不過二十字而意思含蓄過於數千百言者至於石鼓歌極其致思凡累數百言曾不得鼓之髣髴豈其注意造作求以過人與夫不假雕琢以之自然者遂有間耶由是觀之凡人爲文言約而事該文省而旨遠者爲佳余謂虢園何得石鼓草率似難以五絕律長歌惟歌中如陋儒編詩不收入二雅褊迫無委蛇孔子西行不到秦掎摭星宿遺羲娥未免以氣傷理豈韋攻之詩不及石鼓文武之雅不如宣王乃因以徵彼不滿於岐山過矣

初七日晴

梅若贈竹葉亭雜記孟孝瞻茂才繼坡來見問津舊生徒也

劉蒞之云新唐叙事好簡略其詞簡故其事多鬱而不明此作史之弊也且文章豈有繁簡必欲多則文冗而不足讀必欲簡則僻澀令人不喜假令新唐書載卓文君事不過云少寡載（心稱）卓氏如此而已而班固乃道五百字且文君之事何補於天下後世哉並作史之法不得不如是唐書事增於前文省於舊病正在此所以不如兩漢楊蒞之此說亦為歐宋定論並叙事終以簡明為貴卓氏之事史當不載則文人無行不見此所以繁載史公好奇叙之而班不敢刪耳本可刪也亦須相題為之

初八日晴

子涵有書復之並復菁衫書問疾

閱佩玉齋類稿元楊翮撰翮字文舉官至太常博士提要作十卷此本有謙牧堂藏書記共十三卷第九卷漢高祖四皓張良項羽及光武論五篇不應僅論兩漢第十卷題跋三則後三卷樂歌啟箴各一篇雖多三卷未必足本大要俱類秘抄本未盡比其遺其國已不少虞道園為其父執文在集中稱其文自本明理不以艱險自室盡言伸義不以曠達自高雖齒牙餘論假借後生要不失先民矩矱也

初九日晴

答陳介庵小坐

初十日晴

龔京卿照璦來未之見近年九卿均為使臣占盡有宋育仁者以翰林作參贊以出使為仕宦捷徑此與丁維禔之以黃緣奪青得試差徒隔一塵耳可以觀世變也晚秦蔚林來送以胡蘆一枚

十一日晴

容民來小坐即去贈新繙華山碑一冊趙烈文藏長垣本趙辯角據壽門本非長垣本而楊守敬所刻亦入目疏矣楊極善作偽

十二日晴

午後至仲儀處小坐陳伯庵聞並入余遂過海若晤話而還齋中

孫茶孫來得九弟書

十三日晴

花農以詩翰香約來午後又過仲儀龔三又請見拒之

閱河南集二十七卷宋尹洙撰洙久歷邊塞未竟其用卑以貶

死其由渭徙慶以爭水洛城其敗也以董士廉扶仇上控士廉即
前城水洛為沫所械繫者也水洛之城發之者劉滬主之者鄭
戩復劾者魚周詢力爭以為不當城者王則安撫使韓琦下
則副總管狄青而沫言之尤切平城雖由周詢而實則參政
范仲淹贊之其言曰策應軍馬由儀渭二州始到始到如能進
脩水洛城斷西賊入秦庭之路其利甚大非徒通諸路之勢
因以張之軍之威者也又言劉滬董士廉皆四路都部署節
制往修水洛城即非擅興況滬是邊有名將佐累有戰
功國家豈須愛惜不可輕棄士廉京官亦與將佐一例挪劾更

未合事理是師魯城繫瀍士廉且謂洛不宜城范公不以為然也其時諫官歐陽修以仲淹築大順城种世衡築青澗城劉滬築水洛城滬尤為艱勤余靖亦請戒勅誅青並以滬青既有移牒宜移青不可移滬以失新附之心是歐余亦不以誅為然也然師魯所持乃備多力分之說其所陳分兵禦眾主事各寇四害深得兵家要領於士廉反復開諭（集中存第二書）不從指命狀往械繫亦軍令宜然水洛既成旋就和議亦無甚益而師魯特為士廉所中其就希文而死正所謂伯仁由我而死耳歐作墓志雜目辭說繁不及韓忠獻墓表之直捷亦所見稍左也

十四日晴

午後洪晉軒來寄九弟書为二姪題字名曰志潭志浩志淦三姪曾志湄志渝志泠志頊以富陽有董双成室丹鼎也得安圃書有喉左右同分

感生兩色聞之甚悶悶

十五日晴

花農翰香秦生雜至喧甚得康生書

午後閱漢碑二兩種以甚靜定近真不耐俗味矣而为境所困不能逃世入山每與閨人談輒为贅二夜讀任以王懷祖所校補以考音詞

袁來售古筆所未見者大約錄之我亦可存也

十六日有雪意旋霽

袁昶之來劉蘭谷嶽行田八丑　甲午春聞蘭〻谷曰其文〻樸青服毒而死可傷也猶〻於通子宜有見於此

閱問經堂叢書承德孫馮翼所刻其中多輯逸書蓋與淵如敘禧誼同之洪頤煊宋翔鳳〻車學源所輯之本均為代刊而附一同校之名耳章氏隋書經籍志考證僅存史部餘稿為馬氏所購未及詳校寧獵旋已有刊為玉函山〻房輯逸書備有力者以此書及漢學堂叢書全刊補其未備輯其未搜俾隋志補全實為一部書目精本嚴氏全上古漢魏六朝文亦可參正也

十七日晴

作安圖書以來絨有喉左右牙兩邊甚念之也又復麻生一[?]

十八日晴

延仲儀診脈據云以次仍味降黃良道談

王南陔輯周人經說僅存四卷似補輯之不止此數南陔經學本不甚深其所著說文段注訂補及管子地員攷證楷道繁冗此種以經鮮冠首作之序自以為謹嚴殊屬無謂潘文勤為其經說並刻之功順堂叢書功順堂所刻大氐細碎散佚惜之雜糅無義詩人者与滂喜相類因歎杜潤如黃蕘圃輩刻書之精惜乎今

之有力者不能如是其詳慎也

十九日陰

復都都偶書並以食物數種寄元孟虞午後陳竹庵來得獻夫

簡知已服闋明年二月來津

仲儀極稱章實齋文史通義蹇上著錄於時莫敢其數則入稿如謂集大成者周公而非孔子學者不可妄分周孔殊有語病近世遂有以周公之書全為劉歆偽作者謂康祖又有以孔子之學專與周公立異者不知周公思兼三王致君相之治術孔子垂教萬世述師儒之學術皆集大成而所遇不同故以謂孔子非集大成乎謬矣

二十日雪

李搢臣来由都引見驟也談楚軍下新聞付之慨歎午後蔭若丈小坐述日前朱武功讓通判實收得安小峰侍御書請以吳羽驟瀟西白與書此子殊不解事

二十一日雪霽夜又雪

洪翰香来鄭覲侯自都門至留陪仲儀晚飯

二十二日大雪

作致伯平書以改定其弟首墓銘寄之

二十三日雪未止

仲儀讀管子頗有所得與之暇談明年思以讀管寫本付之校勘也得康生復書代致監本新唐一種於是監本廿二史全矣晚晦若來論永定河時言路交章此間仍持周馥舊說也許河帥明正來此合肥將同往會勘矣得伯平書言已交卸道篆明年將乞病假來津

永定河遥隄之說頗用方河督琮創之前鄭文端所駁劇陳文恭嵩言其利未知施行否而挑浚之策則裘文達及周公元理會奏設立浚船乾隆三十五年舊案也道光間裁減經費屢之河患之亟未始不因乎此若文正奏賓河因王陰漲

林立樹木叢生是其明證工部議材草均主挑沙之說夫以七十餘年之老沙欲以六萬金三千人挑之豈能有濟並老沙固不能去澈淤則不可留水豈情形與黃河異黃河爲四瀆之一能自達於海永定則必入清河以達海愈來則河身愈狹不能放沙而清河及下游均挂淤矣然則目前急務止有遷徙一法而以截灘挑淤爲秋汛後逐漸補苴之上策其效不能即見而年年費力行之舊淤除去新淤不生自有無形之益鄙識固舉重若輕者事不易必執挑沙爲謬論並新淤漲淤而亦隨之則河之病日深猶築高於邱山之隄亦築堤縷水而上

二十四日雪晴

復伯平書佛順昧得都門書附安副一箇十月初七日巳時生一女一子其子息可云蕃盛矣此子女旋不育双生一子一女俗忌之亦罕成立者

二十五日晴

花農來午後得高陽書並惠食物四種作書復之亦以食物四種為報與之五閱月不通牋候矣高陽頗疑其疏嬾蓋與世相忘故於長安知舊書問自希每月必有書惟廉生耳劉季盛來謁名文庠儀之弟仲在豐潤孔大令署中司記室

二十六日晴

翰香來午後吳儁甫秀才至匆匆而去前以安陝峰來索吳祠商之妥劃得復電云閏西日為妥

閱貞素齋集元舒頔撰官台州路儒學正明興屢召不出此本

乃其裔孔昭所輯捷要所稱八卷本也集中有石臼詩序曰邑
南七里潭曰油潭石曰石臼汨沒沙積春大雨乃獻奇頔以為理
侯政教之應且引郡志全廉石乃見崔正言蘇子由張仲紀
以後復見於理侯聞以告理士夫合飲理名蒼里麻識字天壽章甫鼻人復有
石臼辯一篇則痛詆其誣並云理君亦喜其事挺余往觀
至則癡焉頑精無足奇者意欲爛其石絕其誣使後人
無以疑一人之見而先後矛盾如此殊不可解此亦高隱
不仕而畊明功法同若不倫捷要曲原之無謂也頔弟遠
遊附杜莊稿一卷頔本名迪遠字道原　嘉蔭簃藏本

二十七日晴

黄臣永詩均来得皞民書夜仲儀餞館邀覲侯李咸同飲晦

若拙余閔令肥詩

慈聖御書榴橘菁彩複書云二痕已小瘉

二十八日晴

吴渠山来季蘭以陳書云同年家事来商書云已故為其弟

芊源謀館事也余以外洋人浮於差勸其謀之藪士特藪士駐日

浙撫書云名夢蘇浙之會稽人官編修

得九弟書寄志潭所定婚之學来親家夏子新太守獻鈺江西

新建人亦舊族也執柯為張曉颿

磁州訪得蘭陵王孝宣公兩碑以天寒未能精拓也

二十九日晴

范農楚寶鈞來得都門書夜過瞻若少坐

閱提要林希逸鬳齋集有上賈似道啟極口稱譽以趙普文彥博比之王柏魯齋集亦有壽秋壑詩極稱其援鄂之功謂非備至二人皆道學柏且從孔子手定之經而於秋壑乃諛附如此宋季諸儒多不明事理眼界不高且講不到人品也故講學以識力為先

三十日晴

檢點詩文詩僅五十餘首文十餘篇一年又虛度矣惟得書數万卷書高於屋債積於山殊無可樂也藩大令江東庚午同年

校齊民要術竟系之以詩庶明年得二頃薄田自耕不餓也

滿眼工商榮胼胝笑荷鋤流亡驚草野沸騰悵河渠乞糴錢仍責屯田穀不儲縣農耕吾未晚終夜校農書

蘭駢館日記 甲午一

正月初一日晴午後陰

聞元旦　萬壽恩詔合肥賞三眼孔雀翎子侄逋田王事者賞員外郎合肥召余及晦若談遂過晦若小坐

國朝漢臣賞三眼翎自合肥始向例必賞寶石頂四團龍補服以後始三眼翎由湘鄉得三眼翎亦自合肥始此亦一當年故也　和碩壯亦以賞寶石頂存故

讀宋史蔡襄傳外間傳言以厚陵之立襄有論議帝疑之由三司使出杭州歐陽文忠集紀之最詳云慈壽垂簾嘗為中書言仁宗既立皇子延恩邸王宦官宮妾爭相熒惑而近臣亦有異議其文字已在禁中然中書不敢詢姓

名外人稍稍言襄於是士大夫厲色詰責及包藏奸魏之實上
上曰內中不見文字執政多方解說似聖意未解此義曰實
王珪請出新意以君謨嘗揭晉江章撰之臟罪于是從寃
於是僞撰君謨不立厚陵爲皇子疏僞於相臨中中人得之遂
于英宗然此疏傳聞過當之譚也厚陵入宮時累表辭讓
此時有天下而不有方見聖量願行之於授受之言不能質
襄度外並則前之讒非惜飾放襄亦所深者似既之畢
子後未必赦然此疏而既動上疑止能引身而去故君子於
襄無責焉

初二日晴

除夕作廉生一書 今日 合肥謝 慈聖福壽松鶴字疏 有差弁

入都即交其齎送 時信局未開市也

閱真西山讀書記 其甲編孔門傳授一卷可采入余所撰述

學中 二十七卷 二十八卷 惜其思孟後直接荀揚董文中而於漢儒一際

本錄後 二十九 三十 即錄韓昌黎而以周程邵張及程張門人以至朱

子此即黎洲學案之椎輪也余擬移其春秋君卿事業

在乙集 於前分別春秋學案而以孔門繼之蓋胚胎於史記

而古今之學術治術脈絡貫通矣非徒攷究學派也

初三日陰

花農來秦生亦至洪翰香率其子慎孫賀正午後晉臣過

談

閱姚牧庵年譜牧庵四十二始娶滎陽先生中女楊氏次年卒四十四又

娶趙氏牧庵伯父樞家門鼎盛不審何以晚娶先生作南寺碑

以碑中用祝髮及于佛焉依內緇流以祝髮焉俾為禿焉為本

空之辭竟命趙子昂元以初刻撰其文張希孟祭先生文有

磨碑謗並先生集中竟亡祝髮句實則存其原文与

是一重公案也

初四日晴
顧廷一來以其外舅凌筱南詩集求序名煥孔少軒大令憲廷
求見其父昭馨丁卯舉人嘗為內子館師昭馨人甚謹飭
學亦粹雅閩人深得其益也許仙屏河督來津過談
閱皇朝仕學規範宋張鎡撰有張叔未跋云此淳熙二年
丙申原刻本係楊鐵崖袁忠徹舊藏乾隆間武進令海昌
查宣門開所珍聘者嘉慶中余從宣翁之子蘗庵秀才以
銀十餅購得首缺序目後缺作文作詩二類八卷余与海鹽
朱春甫錫及余次兒慶榮從宗契假刻本影抄補足授

慶榮琮之道光二十五年乙巳七月廿日四庫提要稱其可補
宋史之遺與朱子名臣言行錄體例雖殊同為一代文獻之
徵云余案作詩作文兩類與師友錄相似然師友錄較
為該博此則專取宋人議論而已
錢明逸久在禁林不滿意出為秦州居常怏怏不樂公聞之
語人曰願不足之意獨不思所部有萬千生靈耶吾初不知
何指語出名賢遺範錄以上段慶曆中事而文已在圖因在兩府
語校之似歸龍昌而此段之前則述王文正面目不清亦此書之一病
也

初五日晴

晦若來午後答仙屏前輩得獻夫書

閱黃梨洲周易象數論其辨圖書論共六篇其第一篇略云歐陽子言河圖洛書怪妄之尤甚者自朱子列之本義家傳戶誦今且以歐陽為怪妄矣後之人徒見圖書之說載在聖經雖明知其穿鑿附會絕不敢犯古今之不韙而黜之魏鶴山則信蔣山之說以先天圖為河圖五行生成數為洛書而戴九履一者則太乙九宮之數宋潛溪則信劉歆以八卦為河圖班固洪範本文為洛書皆擬經文而為之支說也是故歐陽既黜圖書本旨

本益繫辭而疑其偽本偽繫辭則河出圖洛出書之文駕
乎其上說莫能申然則欲明圖書之義亦惟求之經文而已六
經言圖書凡四顧命曰河圖在東序論語曰河不出圖禮運曰
河出馬圖易曰河出圖洛出書聖人則之聖人作易象天察
地天垂象見吉凶仰觀於天也河出圖洛出書俯察於地
謂之圖者山川險易南北高深如後世之圖經謂之書者風
土剛柔戶口阨塞如夏之禹貢周之職方謂之河洛者
河洛為天下之中凡四方所上圖書皆以河洛繫其名也桉
棃洲解圖書甚辟而實未諦當上古結繩而治後世聖人

易之以書契八卦未畫之先安得有所謂圖經職方者周公始
營洛邑未聞羲軒之世以河洛為天下之中而都之且無以解
出圖出書出字之義禮運明言地出醴泉山出器車河出馬
圖之從與醴泉器車並舉亦屬不類鄭康成依緯書云河圖
有九篇洛書有六篇亦緯書附會之說此九篇六篇是何人
所造斯疑之伏羲時河中出一物似圖伏羲因之以畫卦神
禹時洛中出一物似書禹因之以演疇者乃六書非一篇之者
也以八卦為河圖洪範本文為洛書尚是以聖人所推演為天
地自然之文實則先有河圖後有卦先有洛書後有洪範耳

初六日晴

致高陽書

閱周行己浮沚集其兩漢興亡策云西漢興于韓信之一言亡于張禹之一言東漢興于鄧禹之一言亡于胡廣之一言蓋以信決策東向世祖欲因二郡之衆入關禹建策也余謂兩漢亡於張胡雖然禹引春秋之事以固王氏廣於質帝之殁首合梁冀罷相可遲子謂龍興由於韓鄧則持論甚快恐未盡合高祖之興自由於納樊噲張良之諫封府庫除苛法光武之興自由於納鄧禹之說延攬英雄務悅民心非徒鄧也

初七日晴

得靡生書午後張懿之辭回都過晦若仲儀到館旋去閱臞軒集宋王邁著所謂劾賜狂生者也其所上劄子以上欺天下欺君立論極爲激切中有云前日之賄賂惟入權臣之一門今日之賄賂或入外戚或入奄宦或入近習旁蹊曲逕不止一途以救楮鬻爵錢入公家晉武鬻爵錢歸私室又下一乘矣末流之弊何所不至良可深慨也提要稱其於濟王竑事反復規勸是拳拳之忠愛之心今詳閱大典輯出遺編頗闕略不少而其勁直之氣歷劫不磨可謂古之狂直矣

初八日晴

仙屏贈所刻曾文正祁文端書及自書格言得九弟書

閱金氏文集宋金君卿撰原十五卷今僅由大典輯存二卷提要據曾子固所作其文溫雅首蓋諸稱君卿欲以其所為為天下悅並有志則其人亦非碌碌者遂據以論之並以集中有文潞公韓魏公生日詩范文正移鎮杭州次韻詩和歐陽文忠潁州及白葉二詩謂所與游者皆一代端人諸疏尤有裨世用並當臨序稱君卿在熙寧中勅書獎諭曰亦使於遠方盡瘁乃享推戴新令為天下先則君卿亦附和新法之人與介甫同鄉金浮梁人集中

亦有與今甫倡和樓要謂可補李注之所不及頗於當序所述
勘書猶未拈出與全書議論相反豈徒以科條之罪責今甫而
寬其後從柳州樓要為江西人所採意存迴護耶　按總校為
彭檢討元瑞　君卿字臣叔

君卿又有易說今已佚其集中叙傳易之家云昧于秦蕩蝕
于漢諸家之說棼焉而聖道微矣輔嗣特起在去異端天
人之道微焉而明並猶時蓋氣翳未能廓然若將有以待
焉亦補輔之易已是異端而以為在去異端則其所為易
說者可想矣

初九日晴

嘗松雞甚美寄桂林弟一書並復安小峰侍御吳荊亭須候

西白來信

閱戴剡源文集韓小亭校云〻補蠟屐賦一篇實未之補當檢錄之

之元戴表元帥初撰

剡源有一絶云毛錐自是今無用鐵硯還知古可穿不惜日抄三

萬字勝儲百畝剡中田閱之慨然余竟日蒿閑竟無抄書

〻課插架万卷而無〻頃〻田仰歲依人殊自哂也毛錐無用則

古今同慨耳

初十日晴

仲儀用學招晉臣作陪仙屏辭行郊之遣入校刻送別

閱唐確慎學案小識張武承先生之學篤守程朱深疾陽儒陰釋之徒以闢邪衛道爲己任顧其操論亦有過當處以陽明之詆朱子也峻詞以詆陽明其談文質殺至日宏治己未陽明成進士其年六月孔廟災九月建陽書坊災陽明之出孔朱之厄也夫陽明即不從朱未必能厄朱況厄孔子甚至謂闖獻之形自積於學士大夫之心術而天下不可爲而以陽明之術爲盡變天下之學術盡壞天下之人心以卒以釀亂亡之禍實爲倡亂之

首大聲疾呼因推救焚伐殺賞則漢文周內而臣此種艸

凝氣質崇退讓書人之胸而確慎以為質疑一變而陸子

學術雜之章正宜刊本布天下以警人心而留學脈殊可

矣也孫芝房以漢學釀粵捻之亂因述一種議論士大

夫喉舌章句入仕途後專趨祿利淡之背之積為風氣

中外大臣無一二老成練達剛正明果者為之挽迴則

至大亂不時之責而責諸講學豈非迂謬之見哉

武承以陽明為功臣而亂首浸其平宸濠之勳而坐之

階流寇之罪非如此論史古人之人亦鮮矣

十一日晴

復王廉生、劉獻夫書，秦㮚林果。

閱王魏公集，乃永樂大典輯本，提要謂以元絳墓誌可補史闕，檢宋史核之，均具崖略，蓋國史不能如形誌之詳也，惟絳有文集四十卷，又有讞獄集五十五事為十三卷，傳于家，史未載耳，厚之諂事荊公及其子弟，故安禮曲為粉飾，似亦諛墓之詞多，核實之事少，宋史刪節未為過簡也，菉竹堂尚載魏公集，今已無傳，提要謂其文視安石規模稍隘，而雅健約略相似，然亦稍回護荊新法者，文亦不甚似其先也。

十二日晴

寄趙菁衫書並竹葉亭雜記二冊藹雲初來久坐談不甚暢

胡仲子集明金華胡翰撰有米南宮蘭亭跋云米南宮論禊帖毫髮無遺至其所自書乃縱橫若此蓋出入規矩晚年筆也南宮嘗稱善書者得一筆已猶有四面故其對帖臨仿者與真無辨而任意揮灑者入妙自以人鮮及焉余昔見黃文獻公恨不及以此質之按米以已得四面自詡然南宮書以似晉人者為佳其任意揮灑者終有俗韻觀其人出入規矩非能卓然自立者故以筆四面已具短處非臻於古人也

十三日晴

呂閱淨德集杜敏求墓誌子美生二子下江陵留二子宗文成都籍楊子琳之亂避患奔眉之東山大埡因家焉其後族姓蕃衍為郡大姓有蘇青神者遂為青神人撰元微之杜工部墓誌言子美之孫光業嘗抵之襄祔事偃師未嘗言其子孫還眉也顧淨德與杜敏求為友必親見其譜牒似亦不盡出依託惜言之不詳或宗文一支留眉耳敏求字趣翁官至潼川府路提點刑獄有文集三十卷大歲嘗賦閬函詩有嚴夫昔相問燮非是兩人是工部之後又得一詩人矣

十四日晴

花農覲侯王初均來仲儀廂談

閱小峴山人集秦瀛著有彭蠡說謂彭蠡即鄱陽非巢湖敷淺原說謂廬山即敷淺原引證甚少說經故地非其所長也魏默深集文據禹貢山水澤地記彭蠡澤在豫章彭澤縣北以為在湖口下游小孤山左右力闢鄱陽為彭蠡之妄以為彭蠡無在江南理漢志豫章歷陵縣南有傅陽山傅陽川在南古文以為敷淺原通典以江州潯陽之蒲塘驛當之正當大江之盡又當廬山林麓之盡亦非廬山也

十五日晴

閱碧溪詩話宋莆田黃徹撰論詩以杜為宗中多强證如云否卦也承小人吉說者謂小人在下者包之小人在上者承之蓋處否宜然也元次山賊不血詩金魚吾不須軒冕吾不愛此所以能不徇權勢而專務愛民杜老剛腸嫉惡宜其狎弄嚴武而遭田父泥飲被肘不惱所謂不畏強禦不侮矜寡范文正淮上遇風一棹危于葉旁觀亦損神他年在平地無忽險中人平然而作可想見其無滔加澤之心均因小見大能不免固哉之見其胷次之高亦可略見一斑矣

十六日晴

至海防公所檢書閱屋為還居計陳觀侯過談

閱劉忠肅集武英殿聚珍本忠肅向用方嚴思以文結邢章

于宣仁之懋遂解政柄劉跂之為之作序極力推崇而於邢

亦難置辭其言云公家子弟與章惇之子相識因入都應舉

而公家子弟與游科場嘗主府第試者指為交通之迹邢

恕謫官至京師以書抵公公答以手簡云為國自愛以俟休

復為蘇東坡所發以休復為汝罪此固言者之險狠並忠

肅之自處亦不可謂不疎也然有嘗勸章惇其子稍知大義不

當與公子弟游公子弟稍知大義亦不當與章子游即以邢之疏身在政地亦不宜作此語豈逆揣元祐之局不能持久故預留地於小人耶並其實跋易黨法之魁而周旋若輩何益乎

十七日晴

翰香來午後秦生過談知本甫已還湘中楚寶以房函相示陳介庵過談館政

閱浮溪集彥章於越州行在條具時政首陳馭將三說曰示之以法曰運之以權曰別之以分大致謂諸將已如驕子恐有蕭墻之禍意欲精擇偏裨十餘人付兵數千直隸御前而不隸

諸將其言當時未及施行旋有苗傅明受之變度高宗厭
兵而忌諸將者已深遂以秦檜之策得行也夫高宗播遷在
越正時危注意將之日駕馭自有法必屏武夫不得預謀而
獨與白面書生商國是勢不至覆敗不止其時惟當慎擇
將帥忠謀善戰者付以閫外而不縱驕悍跋扈者奪其兵
符而不用庶幾足以有為大將浮溪乃為議防閑抑之說意
在折驕將之氣而轉以塞忠義之心其勞臣之用非所務
才也其謂諸將私擁跋扈所至焚掠騷擾甚于敵人則
又足見當日用將之非人耳

十八日晴

洪魯軒來談合肥云孫楫之罷由講幄與樞庭立異並致以賄成聖人明目達聰固國家之幸也

閱浩然齋雜談李易安紹興癸亥在行都有親聯為內命婦者因端午進帖子時秦楚材在翰苑惡之止賜金帛而罷易安之誣近俞理初詳辯之矣然亦其遭忌之一端也夫易安既已嫠居何取以才華自顯楚材之姻婿固屬可鄙而易安亦殊不自諱矣雖然如易安之才不得如班大家宋學士輩殊可惜也

十九日陰

寄廉生書並合肥書扇一握李光祿祠落成合肥屬為代擬楹聯三日中得六聯思路艱澀可歎仲儀病癒回館

閱申齋集元吉水劉岳申撰集中有文丞相傳與宋史互有詳略可資考證宋史王績翁言南人無如天祥者世祖遣績翁諭旨天祥曰國亡吾分一死矣儻緣寬假得以黄冠歸故鄉他日以方外備顧問可也若遽官之非直亡國之大夫不可與圖存舉其平生而盡棄之將焉用我績翁欲合宋官謝昌元等十人請釋天祥為道士留夢炎不可曰天祥出以為號召江南置吾十人於何地事遂

臣中齋則曰上將付以大任王積翁謝昌元乞以書諭上意天祥以書曰諸君義同飽糈而天祥事異管仲仲不死功名顯天下天祥不死則盡棄其平生遺臭於萬年將焉用之積翁知不能屈猶請釋天祥以為羽服者勸黃冠之說所有之亦說辭求還為方外江南計文以劉傳證之乃積翁說詞非信公原書也其時宋已無可為信公惟求一死決不還顧求南還明甚申齋後出說可疑其臣命之故史以為坐狂言傳以為因希知政事受述下吾以為受述下乃信公知己勝於積翁黃冠所請何如策而請殺乎

二十日陰微雪

賁臣來夜武琎生校官過訪

閱彭文勤思餘堂經進稿凡三集末附榮閑及後青跋尾各一冊其山谷刀筆跋云此書与集微有異同不可偏廢以歷官編次尤足考當時出處之迹与黃譜編詩入年譜同意嘗以蘇編年有施注而黃無編年欲取任史三家之注以當譜敘次及同時人倡和附見都為一編命曰黃詩三集補注亦有零散稿本而忽忽二三十年不能卒業云云此意与余塞上評黃本正同惜不見文勤稿本為藍本事半功倍也

二十一日晴

苑農來聞上海輪船二十六日北來午後摶霄承詩伯述魯軒雖至

得明宏治呂夔刻王右丞集六卷本即所謂山中一半雨本也惜呂刪去施宅為寺表明人每喜更改宋元本面目大率此類

王琢崖序右丞詩云右丞詩句妙九州楚詞後程猶謂其詩萎弱少氣骨丹青妙絕古今米友仁猶云王維画見之極多皆如刻畫不足學此二語可謂别開生面若然小米所見非摩詰真本耶詩少氣骨則酸鹹嗜好不同矣

二十二日晴

楚寶来午後約秦生一談

閱亥白詩稿兒時即讀船山詩後亡其書以究心唐人及北宋諸家不復屑意後得王哥孔彥船山詩鈔非兄本也塞外蘇來始復於廠市得之而亥白詩迄未見其集為壽門所刻凡八卷前有王椒畦學博敘謂其於韋孟之外别闭一徑壽門跋但絕刻詩之精未耳亥白後船山一年而辛其後亥白船山眷屬不知是否与壽門同居詩中亦無明文船山樞眉元墓不知蘇蜀否詩人例窮讀之憮然

二十三日陰

秦生來午後甘雨香大令澤宣見過代理豐潤其尊人小滄同知丁酉拔貢官浙江錢唐縣升石浦同知晉興先人同僚也名鴻雨香宦江蘇震澤挂誤來直湯伯述過齋

志例

閱讀仲子校禮堂集仲子所著禮經釋例爲說禮之宗集中有

復禮說三篇荀卿頌一篇大致以禮爲聖人之學而宋儒言理爲

禪學耳余謂六經皆禮之說先後同意其學於禮經外長於

史及樂律

權文公有酷吏議大略謂詩美仲山甫曰剛亦不吐柔亦不茹故體備

健順是謂金德得柔之道者為循吏失剛之理為酷吏故司馬班列鄭都於傳首為非凌氏駁之謂酷吏者武健剛毅不畏彊禦京兆司隸長安雒陽難治之區非此不足勝任推理況命舞文巧詆者酷吏之過史氏因而載之非即以此為酷吏也新唐書狀以索元禮來俊臣為酷吏則大乖史法矣不知酷吏者申韓之學也循吏者黃老之學也傳曰道之以政齊之以刑民免而無恥酷吏近之又曰上失其道民散久矣如得其情則哀矜而勿喜循吏近之是二者或剛或柔皆未能合乎先王之道然則循吏非褒之酷吏非貶之也殘忍慘刻之小人不足以蒙其稱也明矣凌氏之說辨矣所謂循

吏黃老之學，酷吏申韓之學，亦似是而非。太史公酷吏傳歷引孔老並以法令者治之具，而非制治清濁之源。是以循吏首儒而專老之學，不能專以黃老該之。以鼂錯引趙郅甯似乎酷吏近於法家，然史於列傳諸人必先詳其所學，酷吏傳無之，不得冒屬申韓。而張湯與趙禹共定律令，並律令與法家有間矣。詳在余讀史記老韓列傳書後 黃云報恨酷斯稱其位，而文備羣鴻當暴挂一派，以為何足數，斯誅縣中有襃，並以對史遷之儉著，班氏則別出張杜，沈乎壯意，同一循吏酷吏，史漢俗已不同，何貴乎宋子集也。

二十四日 陰

午後過陳介庵

閱管異之因寄軒文集異之有與友人論文書云自周以來能善文者余能無偏僕謂與其偏於陰無寧偏於陽亂道之原六經是至極而論其從入之塗則必華國榮實讀太史公皆陳以乎陽剛之美者陽剛之說發自惜抱先生之然實一偏之論文自以剛柔交錯為妙氣盛自剛多柔少筆曲自柔多剛少所謂六經根必華茂剛直則詩書三禮皆柔乎皆不可學乎鄧嶰筠序其文云望溪學廬陵而至子固海峰學廬陵而至子瞻惜抱學廬陵而至子長之憶子長之境豈桐城所能到與震川皆貌似耳

二十五日晴

寄九弟第一書複仙舫簡昨日京察羅尚書爲拉青棠阿松森侍郎參議志顏自萬董以後無此體涉矣爲遵峰與余在西堂同事才短而度甚和寡言笑絕不掣肘附己引疾未免遽入察典惜吾見幾之不早也王福乞假回籍

南華真經義疏彭文勤評本疏爲唐西華法師成元英撰四庫未收今古逸叢書刻之此尚傳抄本也文勤謂其未得莊子用意然詳典處可采余以作莊子義詁嘗細校之其衍郭注處文繁汰滯者可晉人清理非獨非郭之功臣且爲莊之罪人用詳典之

未能精核並多附會舛誤處文勤自記稱乾隆丙申春南旋舟中評點嘉慶丁巳秋刪益用功甚細密且多補改之進大段以莊爲子夏弟子非師孝明所指擊非真聖人難於據以所謂實予而文不予者並說未四通六闢而一篇之用意不甚貫串特以己之所見牽合之而已於訓詁既略於義理亦疏蓋隨手評點久而不能割愛雖稍經刪改首尾完具以視莊子雜志一詳校證一究微之未能相提並論也余之義諸擬先將文字校定並代略釋其命意之所在遂以周秦諸子互證之而折衷於六經此書可略備參證之一耳

二十六日晴

午後搏霄辭赴省吳貫臣赴永定來談夜過晦若得康生書

閱翁雅堂別集趙文哲撰鮑偉評本蒲褐山房詩話卅之論詩以新

城為主既而於唐宋元明本朝諸大家名家無所不效亦無所不工以殉

金川難郵贈光祿寺卿按集中有詩話數十則謂蘇李規橅不得

陶六不宜多學以謝康樂為根柢元暉為妙品應制以顏延之為楷

太唐則五古學右丞與韋柳同為正宗昌黎五古亦闢一家人門逕學者

須相題而施若以歸愚之體冒王韋之題則敗發病本欲唯推漁

洋以義山學杜而出之質朱竹垞初年學選而或未入微故其年

金學宋人皆非巨觀大抵東川右丞嘉州而變往往杳白樣之宋人而
後已謂漁洋金學轉蘇精雅清薄並無可瑕摘究為初學所
當取法好境初學蓋唐晚乃入宋才氣深通漁洋五律取右丞而
以襄陽嘉州為輔李逮杜大白誤不無利之病明取空同大復為數
茂秦而以屈翁山為比勁仍推漁洋第一七律本取黃鶴樓以右丞
東川嘉州為準的而推重老杜以為降而為中唐之錢郎劉再降
為晚唐之溫李再降為宋之蘇陸要無不對而可云律者漁洋
僅取數篇而推漢魏為精美無瑕將全選說五七絕則專取中
晚劉禹錫李益李商隱杜牧及宋之蘇陸楊姜白石也頗有不以廢

余近方將分體彙采衆長之說錄之以備參攷

二十七日晴有風

得安圃書並廉生一緘

閱寇忠愍公詩集范雍所編提要云石林詩話有過襄州留題驛亭詩此亦未錄有和蒨桃詩合璧事類前集有春恨春晝詩皆集中所無蓋諸詩語淺故畢雍所揀擇非遺漏也準以風調著詩乃含思悽婉綽有晚唐之致然骨韻特高非凡艷所可比范序則以其含悽為莫暮年遷謫流落不歸之意其詠杜鵑一首發於先詠南將而畢昔乃酷愛王右丞韋

蘇州並余讀其詩殊与王韋庵大類捷出晚唐之評道之所藏兩本
一舊抄海鹽馬氏所藏一陸心樓校刊宋本也

二十八日晴

花農來談獲伯平書以伯平連寄兩書也

梁書沈約傳高祖命范雲明早將休文更來雲出語約約曰加必待
我雲許諾而約先期入雲徘徊壽光閣外但曰咄咄約出問曰何以相
處約舉手向左雲笑曰不乖所望梁臺建約為散騎常侍吏部尚
書兼右僕射高祖受禪為尚書僕射又拜約母為建昌國太夫人
奉策之日右僕射范雲等二十餘人咸來致拜俄遷尚書左僕射常

仍如故是時為左僕射約為右僕射也時傳則梁臺建遷侍中
受禪遷散騎常侍吏部尚書實以約遷僕射時代其位其年
東宮建始遷尚書右僕射猶領吏部是約遷左時始以右也其
以坐違詔用人免吏部猶為僕射天監二年卒時未嘗為左僕
射明甚二傳因卷而并誤也此證以高紀天監二年正月尚書僕射沈
約為左吏部尚書范雲為右又與雲傳其年東宮建始遷并兩月
蓋約約先期入臣歆賣雲而出其上舉手向左亦是謔雲故始終
雲在約後約傳作左僕射乃蒙上而誤衍是時雲方為吏部尚
書耳

二十九日陰

泰生來得九弟兩書並全上古至隋文兩部

閱蒙齋集宋袁甫撰有時習堂詩一章詠習坎以亨二章詠兌澤講習三章詠君子傳習四章詠孫子習周公五章詠坤六二不習無不利文多取禮記百一篇王制習鄉上齒二篇射義習射于澤三篇月令鷹乃學習四篇玉藻習容觀玉聲五篇月令上丁習舞釋菜未免失之小巧五詠詠坤後於坎兌複詠月令兩見鷹乃學習亦與習而不難爾議正有類為二字

三世均以儒術名

二月初一日晴

翰香士周均來合肥姪李耕娛孝廉過談名經鈞癸巳新孝廉丹岩母弟也

午後得秦生鍾寅函本甫書寄來筆簡子

宋書宗室傳韞道憐之孫義欣之子人才庸鄙搖子勸為亂韞雖鄙踈能為太宗所寵不可謂非知幾之士及蒼梧被廢道迎彥節韞問今日之事故當踈兄耶彥節云吾等已讓領軍矣韞拊膺曰兄肉中詎有血耶今年族矣道成聞而惡之是其識遠過劉秉足以取忌於齊高帝石頭之役韞與卜伯興謀其夜共攻道成會秉事覺道成先遣王敬則殺之遂

前所害此實宋宗之甄異者沈約斷其凡鄙所證實不宜蔡興宗一事觸目畫圖興宗指問何人在輿對是臧質觸荼以致是哉其人談悃不甚塵速則有之何足以爲膚鄙之證在隱侯在齊時脩宋史任意誣謗宋之君臣不足深論李延壽南史仍而不改則幾乎以膚鄙爲詹安之定評略其大節不論而苛舉其小疵此足爲信史乎余意劉秉劉勔兩傳當與袁粲合敘而勔之傳附於諸王傳中亦屬不倫沈書之可議不止此一事而錢宮詹乃盛稱之何歟

初二日晴

得伯潛書陳墨樵來午後永詩以寄仲彭過談寄九弟一緘並草草作安圃復函三文永詩携入都中覓便寄桂是日有摺差附

復廉生論志及律書

予瞻讀范滂傳而前已有讀范滂傳者南史王寂字子玄性迅動好文章讀范滂傳未嘗不歎挹以其官止秘書郎年二十一卒遂無稱之者蘇詩以采燭珠為鳳皇為僧虔事注家摘此誤南史引或說正謂僧虔采燭珠為鳳皇伯父客稱其長者注者但見類書耳此坡老注書之難也采蠟珠事乃老任作僧虔南史作僧綽

初三日陰

花農來洪公述孝廉自湖北至翰香之弟得高陽書蔚廷亦有書至

閱與寄高集劉跋撰其首子也景迂生作跋墓志仕至主簿咸

都永寧觀跋和宋以朝奉郎平叔撰附傳者詳觀其集

中乃有使遼作十四首不知以何事出使鼎志亦未及也有趙

清甫金石錄序又有劉歐來金石苑序其人蓋亦長於金

石故陸樓要謂其詩作黃庭堅體江西宗派圖中不列其

名殆以其學爲朝黨門户不同此說非是跋與劉貢甫有倡

和既翻與清江三劉並列爲宗又不便屏居於派外因江西之郡

初四日晴
復高陽及伯潛書吳璞卿蕃來以人言蘇節幕為之惘然夜與
合肥商定遷居事宜
閱南陽集宋趙湘撰方回所謂清嚴家密言也其詩如送
人南游云僕憔擁書屯驢幽吏肯耗日衆云洗池秋溜月
移菊夜樓螢照著島上人云夜講霜飄月晨齋磬入松等句
均有晚唐風味樓宏謂讀書律體取其凝近諸西者殊
衆盡湘所長詢然其文亦有李習之孫可之遺意殊稱柳一
流也湘字叔靈有迎富文至寄送窮作詩

初五日晴

合肥以海防公所函見示午後同楚寶往相宅晚寶臣來談

初六日晴有風

午後至海防公所得雲舫書

初七日陰

午後至海防公所摺弁回得廉生書並惠蘭亭二種連日以俗事擾擾未能靜坐讀書也

初八日陰微雨即止

寄九弟書

南史崔祖思傳宋議封齊高帝爲梁公祖思啓曰讖云金刀利刃齊
刈之今宜稱齊實應天命從之又曰眾議將加九錫祖思獨曰君子
愛人以德不宜如此帝聞而非之曰祖思遠同荀令豈孤所望由此
不復處任職之官而禮見甚重垣崇祖受密旨參訪群臣祖思
又曰公退讓誠節故宜受之以禮崔文仲與崇祖意同及受禪
文仲崇祖封侯祖思加官而已夫祖思引讖以勸道成圖明著
齊當代宋何予九錫文獨異議忠諂於齊忠出於宋反覆不
倫且以本紀致之齊公九錫之命同以昇明三年三月甲辰不應祖
思勸作齊公獨阻九錫而南史敘此在道成爲齊王後尤爲紀傳

自相違戾也南齊書蕭之踐李采巽閱而誤玄祖思曆陳政事南
齊在建元元年上初即位南史作武帝即位亦以互異

初九日陰

苑農楚寶樽雲均至

閱南史江祏傳慷然於倚伏之理謂有莫之為而為者蕭鸞不臣祏
勸其以赤誌示人及太史密奏圖緯一篇曰十四年自以為根深蒂固
臣主俱榮矣乃明帝遺崩祏受顧命竟為東昏所殺豈非天道
好還哉尤可異者明帝欲以劉暄為雍州暄希內職投祏祏以暄相
得州便賀為鮮上賦並遂用梁武使非祏為暄地梁武不得雍州

何以能成篡業遂祏以相爾明帝之篡旋以相暄爾梁武之篡
而祏初不覺也暄本出鎮旋與祏兄弟受遺輔政因議廢立不協
暄告祏謀祏祀因日見殺使暄主雍州無由因受顧命祏立遙光
未必兩敗遂祏留暄之策爲暄也那爲暄殺祏也而祏亦不覺
也豈非天奪其魄冥冥之中報應不爽哉暄亦旋爲東昏所
誅南史謂暄聞祏等戮眠中大驚投出戶外問左右收至未
良久意定還坐大悲曰不念江祏自痛也齊書無之棄暄
告祏謀何至驚駭若此蓋惡祏亦併其謀身以入罔
祏而不因少事之有無不足深論要足爲陰謀察之之戒

初十日晴

趙燧冬自浙來午後至公所与楚寶商定各屋窗廊墳節得

載之書云南中喧傳余主鍾山講席

呂淨德集中有乞降詔舉郡守狀因及郡守之選云王子文前知華州有自陳通狀者子文先問其人年歲生月日時為之算命告云你星辰未佳必不得理且休通狀又因雜戰行杖生疏子文下廳親決一杖示之大差知懷州霍廣臣者知眉州每々會讀食留數盃折請佐直大差知海州趙蔑者據宗為多首子決文者歸決杖大知廣安軍張堯士者喜佐同族好講族譜那以

溫成皇后真容示監司又嘗差衛尉分往村鎮販賣諸物圖
市易之息又嘗因病殺牛祭鬼積死者甚衆士云亦能有病何
故止服藥休殺牛馬曰本鄉殺牛不如西鄉之輪祭不知彰
州以其數苟不知羅作香閣之可入笑史大明治之皆東集居
論事條條蓋當黨中矯矯者其於蜀茶利害言之尤詳
盡今日以茶馬為通商大宗不知榷法稅窠時何
如恩校户部稅何與官集一勘謹之大氏收助邊計先
在不擾民不病商若今之蜀鹽則盡奪商利蘇公度
亦不能持久以利之所在民必趨而爭之耳

十一日陰

翟梅巖來（去年江南十九名舉人）午後文芸閣自籍入都晤話徐鎮送隋甎十餘方

十二日晴

琴生之母八十撰一聯送之並致食物樓〻覓日潘子俊來答介庵

閲張文靖守昆陵集有韋政平剌血上表乞父北還表跋云士之為親訟冤者有矣剌血之詞則未之前聞故河中使君韋公者愛天至性以事雖沮格而上〻章之明年迺相此躲藉豈偶然也哉褒封既達御府後三十餘年以誅以家尤異事也其子讖出

以示余曰此非此手澤且遺墨也襲藏中篋猶憶遺逸乃余龕石
而瘞之先塋之側且摹搨以傳不朽余大觀間公牧吳興時余
為郡掾受公之知之深至於出涕云葉致平為撰公知貢舉所
得士其文卓然似蘇文為老將而能勤劉忠肅且擢公由嶺
海隸來致平殺青實有為其父文過乞憐之意父之將不能
掩其子之善更有此節其亡乃謂蜂蠱者其范忠宣南
遷諸子乞以自湜此不合亦免患宜不予大致平剌政不知
予摩挲之者此又見小人一遭患難無所不至豈留目尤補諸
君續之拔領表父為有子不知卑公此時一動念否乎

十三日晴

洪翰香來午後鄭守㸌來見還庭之說全舭中悔

閱蛾術編王西莊稿而迮鶴壽叅訂者原本九十五卷迮刪其說刻十卷說系三卷說刻見金石粹編說系迮以為宜入家譜今則無從訪佚矣刻前輩之書最忌改頭換面而迮尤乃頗不滿於西莊以其議元凱剽竊九峰安溪為過分力斥亭林東原為妄人相輕之習於原書頗多刪節而下附案語其中正西莊之誤固多而西莊不誤迮轉引誤者亦復不少正人心不同各如其面西莊駁杜蔡死獻迮則議之而迮之指摘西莊亦多過當之處何也如

卷二南北學術不同條王引陸澄與王儉書云王弼注易元學所宗今
若崇儒鄭不可廢進云徧檢陸澄傳並無此語未知從何處採來案
南史陸澄傳與儉書王弼注易元學之所宗今若崇儒鄭注不可廢
進但檢南齊而不檢南史乃敢於譏貽西莊謂其從何處採來真
商榷卷七十六王論杜送孔巢父詩云題中並無蔡姓詩中實出蔡
侯殊無謂別本無之文太從進云蔡不過餞行之人故題中不列至
謂別本無之則託言也案王誅引別本此十二句無蔡侯將句執詳引之
此非偽書進竟未寓目而武斷以為託詞以逞己私陋而嘩前
輩之虛造可鄙也其它類此者摘二則以為臆改前人著作者戒

十四日晴

孫小雲來午後過梅若芸閣勸其學佛借指月錄觀之饑翰來

爲人題琴西先生所藏宋元本十二種恩付寫官

公羊疏唐志未載崇文總目始著錄不著撰人名氏或云徐彥董逌廣川藏書志亦稱世傳徐彥不知時代意其在貞元長慶之後捷要因邲之戰一條稱及見孫炎亦非注完本知在宋前矣桓王一條全襲楊士勛穀梁疏知在貞觀以後中多自設問荅文繁語複與邱光庭兼明書相近亦唐末之文體今從逌說定為唐人王西莊蛾術編以為北魏徐遵明所作述鶴壽詩駁之阮氏校勘

記以其文章似六朝人不似唐人王說不為無見按北史及魏書遵
明讀孝經論語毛詩尚書三禮於唐遷蠶舍又讀服氏春秋於趙
世業家手撰春秋義章三十卷是所撰者左氏服義非公羊何學
雖傳序有公羊傳大行於河北一語不得據以為遵明作公羊疏之證
惟梁祚尤善公羊亦不言其著有義疏是王說究屬武斷隋
書經籍志何休有公羊問答五卷荀爽問魏安平太守徐欽答二卷
晉庾翼問王愆期答亡是問答乃公羊家注之類以兼收書例遽
決為唐宋之人隋志有春秋公羊疏十二卷不著撰人姓氏疑即此
書耳

十五日晴 是夜月蝕

後吳誼卿書小雲蘇回里介廣翰香晉臣先後來

閱止堂集彭忠肅龜年撰宋志四十七卷今從大典輯出僅十八

卷矣觀其光寗兩朝所上各疏悱惻之忱剛勁之氣百世下

猶爲感動而光宗竟不悟寗宗惑於平原竟不能容

一舊學愚深至此安得振作有爲哉集中有嚴刑時文疏

云自古文士多出東南東南之士不患無詞藻惟患不篤實今居

東南之地用東南之人猶病其不文可不深究所以然哉語甚

切至可謂洞見癥結矣

十六日陰微雨

因贊臣了海防公所劉永詩自都回吳摯甫及范肯堂來趙燧

冬久談夜道晦若得柳門書

此堂有壽張京尹七絕十首其三云四百山河稱帝京紫巖有志

未全伸知公久抱中原略日日搜羅度外人頗得南軒志重南軒承

魏公之學以恢復自任其氣象闊大似父而精密過之其知江陵

府郭杲關緩急有備寡吝應以此聞出門改平原王襄陽傳

六百里所恃者襄漢立府宮折衝捍黃耳太尉當力任此事

要兵要糧只當往助若救賊入肝脾衆人以良縱所守備

為此來劉佐珙張安國皆有緩急移保江北之論乃大謬也賊
到此地何以為國守臣惟當擁節而死鄭為悚然嘗與朱子書
日祈請竟出壘顛倒悖悖極可憂其法南之蓋會處在近
本恐見大使之至也當南渡之日正當以制敵復仇為學問此
即是性此即是仁其對孝宗所謂上念祖宗之仇恥下閔中原
之塗炭惕然于中而思有以振之此心之發即天理之所存也
南軒可謂識時務之俊傑矣黃梨洲謂南軒早知持養
是本朱子歎鄉平日一段涵養工夫晚年始悟似軒張輊朱
然究得南軒之所以不可及處

十七日雨夜雷下電一陣

永詩來談李子木觀察自山東來夜得菁孫書費臣過談

王晞答蕭侍中曰非不愛作熱官思之爛熟耳此識處亂世之法但少游華洛與盧元明魏季景結侶同契往天陵山有終焉之志如果知幾遠引終身不出豈不更高乃委曲於顯祖昭帝之世屢被杖脛實為居辟攝政勸進實為逢忌首謀既不欲作熱官亦何肯預人家事尊以不義也須還魚鳥盧敬能猶至儒緩而終不見誅實亦幸免讀北齊書天地立色無生人之趣晞頗有黃老術故備論之

十八日陰有風

花農來李襄廷經藩汪桐門鳴鑾柳門弟筱公之壻均由海道入都過此

閱趙蕃乾道淳熙章泉三稿蕃字昌父晚受學於朱子周益公與先生有州里之舊先生意有不可寄詩有公如在廊廟哉之遂簞瓢之內益公居相位屢加薦引竟不受其品誼可想劉宰所撰墓表視宋史本傳為詳朱子答徐斯遠書云昌父志操文詞皆非流輩所及正欲其刊落枝葉就日用間深察義理之本然庶幾有所據依以造實地不但為騷人墨客而已先生屢乞祠祿屢求對之親命所居曰鄰齋可謂將發世

十九日晴

答李汪因過晦若略坐夜閱石巠詩略有所得

攻媿集一百二十卷武英殿重編本刪去青詞朱表齋文疏文之類一百六十七篇葉傳抄本僅存四十餘卷此本與宋志及直齋書録解題所載相同謂為舊帙孤本中缺七十七卷七十八卷而五十六七十三七十四六有缺篇何以不從大典細檢乃云無從校補殿本則芟青詞並從大典輯出者不存可也無故就原本芟削不能據補一篇而反雜削其舊當時編纂諸臣未免過求畫一不知愛惜舊本以致失其真面耳

二十日晴

至大悲院午後洪魯軒及黃作宋宗錫堯年自滬至復柳門及雲舫書

攻媿題跋數卷美不勝收其跋米天集云周公恐懼流言日王莽謙恭下士時若使當年身便死一生真偽有誰知又在王文公集中不知香山詩也又跋付官奴樂毅論云半山集中有江鄰幾邀觀三館書畫詩或云梅聖俞作有云羲獻墨迹十一卷水玉作軸排疏疏最奇小楷樂毅論永和題尾付官奴豈承平時此論猶有真蹟耶此二則可入荊公詩注

二十日晴

宗子戴來午後堯錫至

閱彭城集宋劉攽撰貢父以不能奉行新法黜元祐初孫覺胡宗愈蘇軾范百祿交薦之集六十卷今大典輯本僅四十卷趙晏稱其在北宋諸家軼三孔而凌兩宋蓋盡其兄公非言之其重黎絕地天通論云重者治神之官黎者治民之官民神易治則幽明不相亂清濁不相或以是謂天地不相通又作桓公不用伊尹論云孟子嘗言伊尹伯夷柳下惠三者同聖桓公時柳下惠為魯士師桓公審能用伊尹則胡不求展禽而相之意極快論王

深甫無以難之不知東〻野不之恒稱彼用之如患不入齊何此亦
屢詞攟難未足以為定評者耳大有設常侍郎嘗謂鼂
錯變古亂常不死則以比似劇介甫變法書李廣傳後以
廣自謂殺降不封為篤厚君子之刻當時之聞過者余最
喜其處士論兩篇上篇謂處士非明君不出以援制焉論徑
罔世主者為純盜虛名下篇謂以處士之風流而與游俠同
衣食求甘美居處求佚豐內有聲色之奉外有當危卷以
誇人而曰我高尚不願事則孰不能為處士此兩作非獨兩
宋士習一筆抹倒千古儒修宜奉為龜鑑焉

二十二日陰

午後承詒來留宗錫晚飯

閱公是集亦大典輯本侍讀之文得經術為多朱子謂其氣平文緩比蘇公有高古之趣余略涉其藩覽篇篇皆可讀尤喜其仕者世祿論為士之子恆為士世之有祿非世之其祿皆足以破世祿之嫌解先由禮為諸左文又與春秋譏世卿不相背雙相與為人後論解循與作而亦為人後自是背文駮宗與漢儒之為人後者同迥異公非房謂其極百子之郭傳可以持衰之經極帝王之流功可以樹則今日非虛譽也

二十三日晴

過聽蕉丹曾自岡至晚寒暘蘇行趙學兼有專差赴山東

附寄菁形書

公是有讀漢書一篇云明燈一編書往古千歲事值欷歔歔矣

顧憒還累欷四旁寂無聲童僕正熟寐歎懷抱不同拘

託平和氣可憐自戕伐如〻老將至及愛〻童僕互冥然不識

字又有讀三國志一首云獨夜一卷史上尋千歲間時〻慨興廢

更悅俯仰市還依人病無聞且智務以先其果無窮中正如

抵露然內觀切於際自以諸百年逝來令人悲嘆曲為迴目前

安伯詠浮槎寓華凌九天精書以德手寄以寄同儕二詩非
不蘊其然第一首作漢圃者第二首作讀讓者亦無不可即
作讀他史亦無不可蓋刻畫甚精其之亦卑耳
廿四日晴
姚子讓孝廉來名文枬上海人陳文祺自閩至
姚子讓去年欲延課兩兒旋以不一見之
褚孝蘇校官成允書來乃廿五年前書院舊友也聽其為人
樊齋先生詩集詩二千餘首可謂富矣
宋人集中如恥堂集南澗甲乙稿均有進故事分日摘進
此即日講遺意以此法讀史日摘數事大而且富亦可為

讀書法也

恥堂集宋高斯得撰邛州蒲江人官至參知政事爲留夢炎所擠罷官奉祠寓居隱居苕霅間而卒其父稼端平間知沔州死元兵戕殺可謂忠孝世家矣提要稱其始沮于史嵩之中危于賈似道晚擠于留夢炎不得大行其志惆悵憂國之念一寄於詩今讀其集淘然而其所進以事或引漢唐或引本朝先正因以指陳時事其取慍於羣小未必不由於此叔季之世未嘗無人病在小人乘權沮抑君子而國事隨之可勝浩歎獨一恥堂哉

二十五日晴

介庵來贈杜溪集宿松朱書著

耻堂進故事引哀帝時鮑宣疏云今朝臣亡有大儒骨鯁白首耆艾魁壘之士論議通古今喟然動衆心憂國如飢渴者又引順帝時李固疏一日朝會見諸侍中並皆少年無一宿儒大人可顧問者此識耻李一轍顧近有說為大儒於孔光胡廣一流則又與鮑宣李固之意表異嗟息少年以外戚嬖倖進誠不足之與謀國而以備君子為老成其弊亦有不可勝言者耻人識不易及

二十六日晴

楳堂取征以元本文粹及劉須溪評點王荊文公集求售文粹余已
有之王集愛不忍釋
袁燮絜齋集跋讀翁帖以讀翁論為人父母非賤獄求盜之謂為
非迷其言曰獄訟情偽盜賊以其為急務而勸農養士等
而抑揚若是不亦偏乎先聖言兵食可去信不可去豈謂兵
食果可缺哉如是而觀不以辭害意讀翁之說亦無可議云
余謂讀翁之意特本於取精人翁子不狹細事而敷術之耳
以實政之讀翁亦文人非吏才亦非有道大儒其說本不足據

二十七日陰

答介庵趙世丈來蘇往送之適在介庵坐與仲彭共談一時許而散秦編修綬章 有書寄湖南闈墨兩冊去年副主考也

袁又跋語翁帖謂語翁書太率豪逸放肆不能用古人法度雖意乎不備有戈戟縱橫之狀此帖乃能斂以就規矩本心之所形也良可寶云余謂語翁書從褚出處處自有規矩以為豪逸放肆乃皮相也以為出蘭亭亦皮相也即此可悟語翁之書正當於規矩求之勿徒賞其縱橫

廿八日晴夜雨

盛杏蓀由上海回任午後何士果羅與之均由粵來陳鑄徵者月湖師老友程忠陸營務處來談陸師家事言世兄蓄眾甚佳表歷之六至晚容氏來辭赴都門會試

興之以黎二樵評長吉詩見貽今日同晤何士果陳葆初談平生師友家事簡緒紛來之意多感喟乃以長吉集目遣余所藏有王琢崖陳秦村兩本王注專實陳闡詩旨黎則專評詩之工拙合此三本可以得協律之真際矣學者人須采其精華遺其糟粕外王琢外金去孫守一先生必有微類

姚羹湖文燮昌谷集注凡例云昌谷生二十七歲並無年譜可攷杜牧之序在太和五年稱賀死後十有五年自太和五年溯之賀卒于元和十二年丁酉又自元和十二年溯之是賀生于建中二年辛酉王琢崖云長吉之生當在貞元七年辛未數至元和十二年恰二十七年若云生於建中辛酉則多十年矣案賀之年新書作二十七舊書作二十四玉谿生作傳與新書合至七歲能辭章韓愈皇甫湜始聞未信因往造之賦高軒過自述有名以辛未生計之七歲為丁丑是年昌黎在董晉幕中及為之張建封於至京師賀九歲矣亦可備一攷也

二十九日陰

得允言書復戴之一緘夜以疾而明推撟

閱南澗甲乙稿宋韓元吉撰宋史無傳乃韓維元孫尹和靖門
人而李子之友也官至吏部尚書其子淲仲止亦清介自持以詩
名于宋季朱子語類謂元吉詩做著者儀和平有中原之
舊無南方嘲噍之音云其集久湮從永樂大典輯出詩賦六
卷詞一卷文十五卷其談緯子一篇余已采入叢子注中
而擇其稍有關係者於左

元吉舉自代四狀一舉吏部員外郎蘇嶠識論堅明操

履純正名臣之裔傳有典刑一舉傳目得元祐曾任中書傳
堯俞之後請康首立死節傳察之子敏于文詞通于政事一舉
鄭晁義可權豈遲知光化軍範質純厚力學能文累任
遠地不事屢見務以職業自修其一則朱子也其詳考
云氣質端方識論通亮安貧守道力學能文蘇轍傳
謂元祐名臣之後鄭晁義乃與朱子同有力學能文之
考證非凡才
死登有答朱子書云嘗謂學者要須有得始能自信故易
自中庸大學中皆謂其所益子又謂以目得之說以猶默識非

此身之學矣全乎自信則所謂考諸三王建諸天地質諸鬼
神百世俟聖無所疑惑者殆可也語殊有味
朱子力辭任命謂朱命者乃不敢進寢則請以畀祠官免
答政書云獄祠須自請於廷之意鄙未可知亦不應便以獄
祠除下至謂無用於世非以士大夫流不知元晦平日所學何
事願深致聖賢用心處不應如此急激形然顯人也與宰非
移蓋自有道要不失己使人于道不顯健覺處之費力
耳此亦深得聖賢出處之道語氣極為和平
集中有上賀秦政事書國家越在東南垂四十年矣積和之識

與為敵結好又二千年矣果以和為萬世策則自古無待戰之敵而
立國者如欲自治而款之則二十年之間不為不久何尚未發也
越十年生聚十年教訓二十年之外矣其為沼我之吳二十年
之久不知何以待敵者何毋愧于越欲議者徒知歸咎秦
檜之死五年矣國勢強弱視敵為何如夫講和之議本大
失也敵雖貪仇一旦許以還母后復梓宮休甲兵而謂之
和亦何說以非之其所失者歲入之幣雖不啻甚厚以困吾
民亦豈既苦非主和者其主敵以梓宮母后為辭道
我以不得不和之勢飾為高宗原亦尚能諒其苦心

對阮和之役洪之胥之邊以為長治久安此則後來議和
之舉往往如此
其書又借三國為喻云三國之時吳蜀皆欲取魏并魏
卒不可取者蜀不能有吳之不能有蜀吳蜀通而魏病
大敵據中原猶魏也吾西吳蜀之勢反不能取魏何
也關中取襄陽魏遂移都大襄陽蓋吾有也劉備取漢
中操雖不能守就其役由此出師關輔響震大漢中蓋吾有
也荊州之地魏得之制吳蜀吳蜀得之以制魏大荊州蓋
吾有也所論形勢勝然無如畫淮自守者何

又上自該三策曰人曰兵曰餉其論用人之目共謂武臣無功而予之官職予官而畀之閑地其論招兵之利害曰西北兵貴召募東南之人與西北子弟精多不務精其論聚餉之後急則尤極言諸軍之備務余以為與今日樂議意合無功曰官云云海軍澄募充教之之淮湘各軍而備務之獎則收陸營然以求自強服事處不可用也

集中有孟子論叢服性善之旨曰言天之道莫辯乎易欲知人性盡觀易之所謂天乎欲知人性之善盡觀天之所謂元乎元者何謂太極未判陰陽未形中具有理焉聖人無

以表之，故曰元。元者，善所由來也。人之性有以異於告子無善無惡
象之未形于無而有理焉，故曰善。善之者，出于元者也。惟易言
之，惟孟子能之。荀况、揚雄其皆未達於易乎。案趙岐謂孟
子長於詩書，蓋中言春秋言禮，猶未言易。今以先哲之說推之，
繫辭上云：一陰一陽之謂道，繼之者善也，成之者性也。孔子繫
易已明之，揭性善二字以示天下後世。孟子得之，指出以告後學，
正是生平學孔真傳。此性善二字，乃是大易至精至微之
理。趙氏僅謂孟子長於詩書，不知孟子實長於易。中
庸足以證易，不知孟子亦足以證易。先哲之讀者自閑矣。

三十日晴

清明設祀有感橫生午後仲韓入都過此得廉生復書

過晦若少談

閱雪山集王質撰質隆興間為太學正上論和戰守疏曰前日

廉但持陛下以和之不成後持陛下以戰之不勝後又持陛下以守

守既困因返又持陛下以和陛下亦嘗謀察和戰守之事乎

李牧之在雁門法至于守之乃所以為戰祖逖之在河南法至乎

戰之乃所以為和羊祜之在襄陽法至乎和之乃所以為守

是和戰守本殊塗而同歸者也繇古李史所能戰而後能

秘不應重規疊矩矣
質有張益德之廉恥其言曰敗曹公也其人爲周瑜之知之說孫
權也其人爲武侯亦能知之以舟師濟先主也其人爲壯侯亦能知
之全蜀橋卯敍以免先主之未有明爲高於他功者微公先主
蔑黎矣武侯壯侯安在哉而與赤壁耶又云先主於南以爭
天下中道而失壯侯實建安二十四年也東內以爭於南中
道而失又實章武元年也不二年無所以先主身老志彫
而殆安之安在焉天其不欲也武侯上失先主下失關以爲黃
忠之平以壯侯死之明年爲趙之葬以生死之明年異哉其

參會也漢之羽翼彌珍矣又有富池昭勇廟祀神爲甘興霸其言曰吳所以興有吳人焉未能退曹公使曹公順流而下吳必亡其退之者周瑜也不能禁關公使關公捲襄漢而上吳必亡其拯之者長沙也不能卻先主使先主順流而下吳必亡其卻之者陸遜也不能取黃祖使黃祖據中而主吳必亡其取之者甘也魯肅也又云漢高帝之興韓信壇上之辭也漢先主之興諸葛隆中之對也吳大帝之興甘所進取武昌并荊州之謀也周呂魯陸班也陳武凌統黃蓋蔣欽非班也兩文同一機軸說素殊如火如荼柤

候以舊相聞公並捷尤見興霸則積道美耳

三月初一日陰日有食之

翰香來始嘗時魚

姚春木有樗寮詩話三卷其論詩一宗惜抱無甚卓見其一則云洪稚存文長駢儷於散體非所究心晚年舟過崑山感賦二絕云人言太僕繼南豐微覺前賢面目同我讀亭林居士集不求工處自能工似以桐城之流失並古文一事正不在青多學當惜翁論書云雄才或避古人鋒真派相傳便繼蹤太僕文章宗伯字正如得髓自南宗其言自平允也隨園論

文与望溪異趣而於錢詹事之議方甚有微辭可以知其論之不可廢矣此守一先生而暖暖姝姝者也歸方自是文之一派必天下人同出於其途始可謂之古文所見殊隘陋惜抱於唐宋八家外一筆抹倒直接歸方一若有統緒相傳者並則第麗明竟是古文宗匠之論矣古文不在書多學富之一偏之論也考據家之推謀穿鑿此注疏體而非古文若無万卷書為之融會則辭不能剔意不精卓未有不寒儉枯窘者桐城流弊大率病此樣大防紅板詩何人擊碎珊瑚樹惱白搖兒面發紅極粗獷而春不以為佳句其論詩亦不謬也

初二日陰有風

復廉生書，賞臣來，夜過仲彭。

明憲宗初政尚守成法，乃其後有漸失本真者，吾不能不歸罪於內嬖也。太監梁芳以諂事萬貴妃，務為淫巧，日進珠寶，致內帑七窖金頃盡，而帝亦不罪。萬安托為戚畹，既以淫藥獻媚，即繼曉亦以祕術因芳而進，夫孰非萬貴妃從中主之。刑部員外郎林俊疏繼曉、梁芳罪，狀下錦衣衛獄拷問，經歷張黻救之，亦下獄，懷恩力爭免誅，仍各杖三十，二人直聲震天下，而帝之失德可歎矣。往來內寵干政，未有不以奄寺為耳目者，奄

寺乘權未有不藉合主為羽翼者況外戚鈎連撥從蠱
惑使其主蔽目塞聰雖有諍言焉能進哉若仁宗之棄
若敝屣其時萬安納賄羣弄重賄劉立安撫司授其子思柄改
木邦諸部樓欀用兵數十年而孝宗生已數齡猶能識立
其子乎不能庇其母萬妃之罪上通於天矣其不亂者天
幸也英宗寵用王振以致土木之難本無所謂詒謀敬景
泰之廢憲宗而立其子乎忠有所以不力爭者蓋必有見於
憲宗之不堪負荷而並無以繼景泰之基構更薄耳觀成
化釋政跡概從於前明衰弱之漸所由來者遠矣

初三日晴

過晦若崔惠人來洪翰香陳蓀初踵至

明季開鑛之害最為秕政王錫爵申時行均力持之既而國用

大匱營建兩宮計臣束手前衛千戶仲春復請開鑛助工帝

遂命允由是自畿輔以至河南無地不開中使四出給以關

防甚至良田美宅指其下有鑛脈後又增設稅使民不聊生其

弊叢此嘉慶間欽定明鑑引乾隆 御批以為朘削元氣誅

聖謨也惟以今日時勢而論雲南銅鑛商廠烟煤五金之脈無

從采訪而煤為軍事命脈非此則機器輪船無由運動

不開鑛則無以足用，開鑛則效甚微而害亦甚重，雖不至於明之中官四出恐擾，而民間亦不以為妥，其故何歟？曰此皆奸商之故也。明之奸商皆中官，今之奸商恃洋人謀奪其所恃於西北荒僻，後以官辦開鑛未於無利。大氐人居益稠則鑛苗亦即隨化，開鑛不宜在繁盛之區而當在荒僻之地，西北自甚於東南。且以煤論，山西之煤甲於天下，其明證也。誠能通山西煤鑛之路，使機器得入煤鑛以開，則幣不外耗而國且日富日強。此事余在譯署嘗極論之，惜孝達旋去，不克有成耳。

初四日晴

惠人復來合肥邀因小酌談其家事鄙吝殊不可耐午後介唐來談得雲舫範孫書範孫寄卷摺廿餘種

繫辭作結繩而為網罟韓氏於結繩無注直以網罟釋之上古結繩而治正義引康成注云事大大結其繩事小小結其繩不意高密大儒乃為此不根之說案後之結繩即前所謂作結繩書契之作即從結繩悟入所謂道始於一也以一貫三謂之王貫即繩也余意結繩乃算學最先而形其結交也以繩之文互為算算上以觀天下以測地其作子狀犧造之蓋以迎會陽作九九之數以合天道易稽覽圖天地開闢五

緯各在其方子云伏羲氏乃合坤巽圖於犧三九部而云氏易理故聖
令論天文必云經緯算度猶從上古之文繩之名取其義也匹章九
章聖人發揮剛柔而敎之理以八卦推八方契經而以緯經東之
若僅為圖畫而截剛柔之逆一施之用而已何必重言疊稱即以九章言之
自周髀外舟楫未能孤矣何者數離乎文經之法自此則一切後
來之中西算術一以貫之矣歸氏服其不取象全出本意而漢
易家諸經閱然遂致脫經精意乎古圖說精而備也漢書
但云作圖書以田漁取犧牲故天下號曰犧氏竟將作結繩為八
卦全行抹殺尤謬

初五日陰
龔厚菴來言將設土藁稅局於宣莊並云水田蕪廢僅存數十頃矣 搢舟劉彬入都寄廉生書
洪齡孫補梁疆域志第一條揚州之治引通鑑元帝承聖元年九月以王僧辯為揚州刺史 二年正月僧辯發建康陳霸先代鎮揚州 九月詔僧辯還鎮建康 以明州治之在建康耳 然此乃元帝以後之制 武帝世刺史率以諸王兼之 太祖五王傳臨川王宏 天監元年至十五年普通元年 復七年十二月解州 南平王偉 天監六年遷刺史未拜 進中權將軍 簡文紀 通二年 高祖三王傳邵陵王綸 大通

四年 哀太子大器薨大同四年 蓋高祖以揚州牧受禪故為諸王篆
管其中間偶以命諸臣則不云刺史天監十七年臨川病免則以蕭景
為安右將軍監揚州普通元年遷郢州去 按武陵王紀傳天監十三年揚州刺史武紀大
同三年以前揚州刺史武陵王紀後為揚州刺史紀不詳天監之命而傳
不詳復為揚州牧既之例附著於此以備考
是梁之揚州即宋制寄治京邑及元帝都江陵始正名以僑辭
為刺史治建康不當以後定前也疆域本不當論官制又輯
諸書而少斷語封不詳志其始於一則論之擬再詳攷王汪
梅村南史北史補志則撮八書之志而薈萃之更有抄撮之
功而少疏通之處其地理之學不易也

初六日晴

惠人来談李鴻藻徐郙汪鳴鑾楊頤為會試王考是科無一滿人

閱明史擴廓帖木兒傳(邵王保保)太祖心敬擴廓一日大會諸將問曰天下奇男子誰也皆對曰常遇春太祖笑曰遇春雖人傑吾得而臣之吾不能臣王保保保保其人奇男子也按保保奔和林後元太子嗣位復任以國事太祖遣徐達李文忠馮勝等將十五万眾至嶺北与擴廓遇大敗死者數萬人劉基以擴廓未可輕帝思其言以諸將輕敵無謀致敗是擴廓實能支殘元之國脈折初明之軍威報平

於洪武八年實元之孤臣也其傳宜附于元不當廁於陳友諒張士誠之後一卷明史館臣以元史既遺故与梁王陳友定合傳耳然亦當在日元之臣傳以别之（凌仲子有擴廓論之意同）

明之興元梁王以雲南後亡卒死於普甯及明之末桂王亦以雲南後亡卒爲緬甸誘執何其結局相似此理之不可解者矣三桂則與沐氏不同流爲叛逆亦可異也史臣敘蔡子英事於王保保之後謂元蘇塞外一時從臣必有賦式微之章於沙漠之表者惜其姓字湮沒不得見於人間斯真史家卓識惜當日不攷之蒙古諸藩稍闡潛幽光采耳

初七日晴

寄龔秋琴友書為畫人了一家事也許仙屏寄王女史采蘋讀選樓詩集二冊高陽書來乃初五日所寄

明仁宗享國不長亦無失德並觀李時勉所疏有諒闇中不宜近妃嬪語則盛德不無可議洪熙病久體肥或與傳聞之誤歟不可攷矣李忠文只以此疏幾死於武士之金瓜又幾死於指揮之縛斬西市而仁宗既崩宣宗以以皇太子不宜遠左右一語太息稱忠以官簡經其遭際與魏之鮑勛正相反也時勉忤王振被枷有石大用者上章願以身

代大用來邑人樣魯勤亦爲六經所知及受名動京師明年中鄉試官至户部主事吾邑數多俠士田疇之後復得大用字傳也忠文爲祭酒列校政謀曰明歸訓勵諸生人以比太祖朝之宋訥惟其直節重諸爲士類所依歸故諸生亦多自勵於名行大成均爲育才之地而日成所尚徒以文字短長爲低校於是浮華競進樸學不興諷春華秋實兩言深爲慨歎故近日韓棠卒南生而少北人也

初八日晴

黃人辭行是日粹玉忌日明甚過介庵晦若雜談
明之賢祭酒得南陳北李陳者陳敬宗也顧李以許王振目
禍陳不謁王振及振敗女錦筆洒陳書程子四箴敬宗
六箴書之報進幣不往見校之此李似過一籌又有魯
鐸者為日業以李賓之生日與祭酒趙琬諸其門生相約
以二帕為壽沈檢討亡有餘日鄉有饋鮑魚者盡以往
詢諸庖食過半矣以雞請不懌李喜為冥置酒留
二人飲極歡此則矯激取異高復罷遺之飲者等
耳君子不為也

初九日晴

費㠯來談仲儀言兩兒學無進境爲之悒悒然

忠義之後必顯無錫嵇氏累世相業實基於留山先生先生名永仁爲范忠貞承謨客先是留山父中書君與范太傅有舊留山客浙忠貞邀之入閩意不欲行中書強之遂與忠貞均爲耿藩所幽忠貞殉節留山亦自經死同難者會稽王紡譽龍光暨閩沈天成王三章也及文恭貴刊其遺集曰抱犢山房王沈詩亦附焉留山沒時文恭才四歲母楊氏茹苦撫孤以至成立云又有忠貞族弟承譜亦同殉者惜事實不傳

初十日晴

得廉生復書云買得北魏寇謙之西嶽寺碑海內孤本也劉幼農序班燕臣來見其父毓敏丁未貢士庚戌進士曾隨先人在皖由徽州送裘到嚴曾一見之甲申年卒幼農亦三十二矣嘗入邑庠陳介庵辭行

後漢書楊終傳受詔刪太史公書為十餘言應奉傳注袁山松書曰奉又刪史記漢書及漢記三百六十餘年自漢興至其時凡十七卷名曰漢事以馬班之史而楊終應奉敢於刊削豈非妄誕至於經生亦並張霸傳霸以樊儵刪嚴氏春秋猶多繁辭減定為二十萬言桓榮傳子郁傳尚書榮受朱普學章句四十萬言浮辭繁長榮入

授頭宗減爲二十三萬言鄭氏刪省定成十二萬言其它讖緯律本刪除複重者不一而足遂西漢治經面目已爲東京改換殆盡不稽之說矣安知所謂繫辭中無微言大義乎

十一日晴

袁啟之來送一介庵行永詩梅若過談陳森初潘子靜洪翰香均至擾擾竟日

閱孫豹人溉堂集溉堂者取誰能烹魚溉之釜鬵意寓秦志也其人豪其詩亦粗詞近稼軒陳迦陵序之曰李自成亂孫子結同里少年殺賊天陰月黑墮土坑中追者垂及屬有天幸得不

死後走廣陵學小賈則傾諸中賈稍學中賈則又傾諸大賈三年三致千金五日出北郭門鳴箏鼓瑟之相隨屬者踵相接也一日忽自悔恨曰丈夫處世既不能舞馬矟取黃金斗大則當讀數十万卷書耳何至齷齪學富家翁於是自秦漢迺歸臥虞黃相祠旁閉户讀書家漸落矣集中有澥齋記大率爲諧語齋之旁婦舂雞某故曰澥齋耳噫士不讀書不能明理而徒讀書不能治生豈唯爲人哉余以耽書故書日富家日貧才亦日短欲醜古人學一席而一切世事概閣置且不問書之中有窮道焉以謀

非計之得也所欲效楊惲之治生則又恐汙衣爾福甚矣
世道日非謀無措手之處耳
十二日陰微雨
伯平來同至晦若處
晦若近談禪理偶詢余龔定盦抄本集中有神不滅論釋去
江艮庭藏鄭鮮之此論以鄭以爲三十名有奇宋楊傑序宋
鄭本也因究神不滅之論起於何時余不甚信釋氏說以爲
此南北朝一重公案而已案但禪之論形神離本某氏已近禪宗
晉釋慧遠沙門不敬王者論其五篇云形盡神不滅以爲大

之傳於薪，猶神之傳於形。其後鄭鮮之作神不滅論（宋書南史鮮之有傳），論見釋藏軍五、又弘明集五。五難五答，一千六百名有奇，不同宋槧，疑宋槧推演之，抑或釋藏節刪之。並五難答為四難答，不同，張宗廣誤記也。羅含更生論、宗炳明佛論，均持此說。梁范縝有神滅論，以難竟陵子良，集僧難之而不能屈。其後梁蕭琛、曹思文、沈約均有難神滅論（曹有重難神滅論）。梁武帝有勅答難神滅論，休文並有神不滅論，自見宏明正續二集。宗廣至以游魂為變，援經以證其說，並終不如子真人生如花墜茵溷之諭為簡而妙，即此已括一篇論旨矣。

十三日晴

穀士擢浙撫過此暗談花農伯平均來復褚季蓀青孫慕韓刑部田里過話

徐有貞原名珵以請南遷被呵乃更名治張秋有功擢副都景帝亦遂忘其為徐珵獨恠用人多決於于忠肅珵屬忠肅門下士游說求為國子祭酒忠肅即為退言帝以其傾危不允忠肅亦人豈不悟有貞之奸乃受門下之屬託竟報怨以成仍及其更名說進又不直陳其詐未免君子之過矣於太厚而為所誤古矣小人有才之可畏也

十四日雨

答蘐士彼答慕韓不果午後驊晦若劉幼農來

明史王翱傳性頗執嘗有詔舉賢良方正經明行脩及山林隱逸士至者率一部試翱黜落百不取一二性不喜南士英宗嘗言北人文雅不及南人顧質直雄偉緩急當得力翱由是益多引北人晚年納中官郭聰屬為都御史李秉所劾翱自引伏蓋不無小損云按文襄自推南人質直自推北士忠肅籍隸鹽山其引北人非不免鄉曲之見但所引既無不職僨事之徒何得據以為賤民脩史者有南北之

見非惠有之短也時至於中葉隱逸類從盜虛聲與蔑未為大過傳稱有中官因事賂珠與旻固辭不得已納而藏焉中官死召其從子還之其自處清操如此何至受鄭驄之屬託李秉劾之韓乃引伏正其自大體處未可執此詆之也修明史多南人故於惠有私憾不吹毛求疵前說云在銓部謝絕請謁以賄云受中官屬託其晚年風俗之衰救稱取此南士偏傳造言以譏之也效耶瓊山方謂其持論偏激目是引申秦檜之類乃謗之而謂其辯日于進者能持正論皆自相矛盾者耳

十五日晴

午後衛汝貴孫顗寅新放四川川北鎮来夜仲儀来話

晋書吐谷渾傳与宋書魏書北史互證世次参差晋宋書並云碎奚子視連卒有子二人長曰視羆次烏紇提北史則云視連死弟視羆立死弟烏紇提立一以為兄弟一以為父子烏紇提死視羆之子樹洛干立晋書紀其為乞伏乾歸所敗遂降乾歸後屢為乞伏熾盤所破又保白蘭慙憤發病而卒有子四人世子拾虔嗣宋書魏書北史略之第曰樹洛干死弟阿豺立臨死召諸子弟告之曰先公車騎捨其子虔以大業屬吾豈敢忘先公之举

而移於緯代其以慕璝繼事緯、代其臣之子慕璝其弟也前視
連視羆為父子為兄弟竟難從明指屢不嗣則北史言之甚
詳而勑撰晉書何竟不相參證各執一詞殊為疏謬晉書視羆
稱吐谷渾為高祖若果視連之子則自吐谷渾吐延葉延辟奚視
連至視羆已第六世不得稱為高祖既如晉書自納敗闕之譏
又吐谷渾據羌氐之地君臣類多不學而晉書飾以華辭
儼同上國不知所據何書今注晉書因撮二書詳略異同詳
注於晉書之下以備參稽焉
十六日晴
穀似辭行贊臣來

明史卷一百七十七傳贊曰天順成化間六部最稱得人王翺等
正直剛方皆所謂名德老成人也顧其所稱王翺李秉年
富則謂其任材量王竑則謂其擊奸黨賑饑民而不及
其治部則所稱非所論矣大氐明之中葉部臣權重位卑
有奄寺干政而大臣守位持正故尚可以匡國是救之者謀
為卑卑乃若王忠肅受中官之屬則李襄敏秉耶劾之
年恭定富以陝西法倆與人講稍有豐置則王忠肅翺又
劾之雖日和而不同猶有畛域門戶之見伏於中未可謂同
寅協恭也姚大章夔於憲懿則莫之上疏固請儀之不撓

趣為得穆宗之正顧王忠肅若吏部專抑南人而文敏則頗右
南人史臣於翻則曰北人輩之於夔則曰論薦卑能稱職何
不曰夔抑北人南人輩之法則南人執筆顯為外內之辭
適為有識所笑而士夫賢不肖隨程皆有以對其遭際升
平日以蕭、撒休所培養元氣而身處俱泰即小使也入不共為
賢若屢艱難之會則以其偏見攸少無呈以僨事誤國耳

十七日晴

過仲儀吳易州煥采來

朝賢相推三楊南楊文定公得政稍晚其後孤立於犯王振用

事後趨者以爲依違中旨釀成賊奮之禍論維遏劉而賢者不能不愛以責備東西之楊歎愈乎余曰以趙王事斷之文貞優於文敏也孫山於高陽敗後請無據饟彰德榮屬聲責士大夫撓大計而文貞率力持保全之說深得大體又文敏嘗短文貞而文貞頗稱其長尤不可及至王抗之張皓然傾榮之適先平使易地以處文貞文貞不能制者文敏亦不能制也獨惜文貞暮年子樓以傲很殺人憂憤至不能越未免家法不嚴然亦老荒矣決懸車之過耳

十八日晴

伯平來午後答之孫小雲及佑先自里來洋商定八弟塋暑地輿

劉芝坪家又易天氣驟煖殊形煩躁得勞玉初書聞月之二

十六日大考自乙亥至今年十九年矣

黎洲明儒學案專為姚江而作即宋元學案亦並不為蕺山設定

則朱陸之間出主入奴失其本意矣黎洲學宗師姚故力辯良

知為孔孟真傳非釋氏本心之說又輯為浙中江右南中楚中北

方粵閩王門六派具詳其淺深之故可謂陽明功臣願黎洲

承學緒於蕺山以通姚江之血脈蕺山標義其學義教與姚江者而

梨洲曰大學只說致知如何先生定要說個致良知以為學術所關不
敢不辨不知良知即至善知止即良知良字以孟證之屬非先生強增之
也同時湯文正公亦為陽明之學與稼書先生書謂當日桂文襄
之流不過因時忌其功名大何為者此是以杜詆王者之口矣潛
庵之言曰文成致良知之說遠本陸原明人以虛見承襲不知所以
致之之方至龍溪四無之說儒佛藩籬盡撤截出先生文
成之鄉而與史憲湯文游其學以慎獨為宗以靜存為要
則姚江梁溪均可融會貫通而無疑此真依扶姚江學派
之要也

十九日晴

至海防公所午後黃臣來夜仲彭來閒話

胡文定云世事當如行雲流水隨所遇而安可也毋以妄想戕真心

客氣傷元氣吳康齋於此以自訟余生平亦無他過惟妄想

客氣二字尚未盡除耳康齋又云人須於貧賤患難上立得腳

住克治麤暴使心性純然上不怨天下不尤人物我兩忘惟知有理

而已此尤中余之病不怨不尤非做不到然終不能物我兩忘也

其故正在無消遣之法除讀書外琴棋無所解止於揮毫飲

酒而已

二十日晴

寄子涵書及馬夫人七十壽禮，博齋來

明儒學案謂許敬菴先生孚遠與李孟誠先生材最善。材所至

聚徒講學，學者稱見羅先生。見羅下獄，敬菴極力反見羅，戍閩

道上仍用督撫威儀。先生時為閩撫，出境迓之，相見勞苦涕泣

已而正色曰：公蒙恩得出，猶是罪人，當於揖思過，而鼓吹喧耀

此，豈待罪之禮？見羅殊怫然。曰：遠聞先生顏色愈和，其交友真

至如此。案梨洲師說以見羅自出手眼，以止修二字壓倒良知，並六代

逐手持將題目做文章，與題下無干。其論敬菴則云：深夜與門人

弟輩宜並靜坐摒退數平生酒色財氣分數消長以自證大
致在敬庵而祖見羅並以戍負而用背撫咸儀鄉黨目好者
不為見羅而非賢者於則敬庵不必極之既交誼切至則此
非細故力爭之不失為諍友何耶然亦所見過也史稱見羅性好講
學遣部卒供生徒役又改參將公署為學宮致參將朱萬春
譁譟以誅羅閣使下獄而申文定營之還天津善地以去
則其所謂止修者殊未能身體力行宜黃梨洲不甚滿之矣
顧虛寂之說以肅政質亦頗有才其識意學文成而未能以功
名終猶勝則亦世上多一講學耳

二十一日晴

裴芳伯來（署磁州，名敏中）送到魏孝宣公高肅齊蘭陵王碑及響堂寺石刻

閱明史耿定向傳恭簡立朝有時望與時相如華亭長洲太倉均不齟齬則亦善於仕宦江陵奪情屬書左人譽為伊尹未免太過其學本於陽明而殊無真見答唐元卿云格物即求仁之別名又示諸生以夫子出而單提為仁之宗陽明出而單提良知之旨良知智也與孟子提義宋儒提禮皆一貫所論亦粗淺無甚殷蓋皮傳於講學者耳宜其不能勝李卓吾也

二十三日晴

吳寄荃孝廉來名燕紹從望雲之弟子

明史王璞傳給事中高湧劾璞及高銓銓即湧父承劉瑾意也其後璞謀銓復官致仕而湧以劾父不齒於人又陳壽本仁者為給事中言時政無隱獨不喜劾人曰吾父戒吾勿作刑官易枉人言官枉人尤甚吾不敢妄言也夫劾父之為孫安不待言矣即其父之說慮枉人而不劾又人則亦矯枉而過直其直不作言官則可既任是職詳察深思亦其不枉可矣奈何為寒蟬仗馬耶

二十三日晴
容民由都憲試回廷一言允言久之談中見亟家書中亦及也
馮子仁恩擢南京御史上疏以張孚敬為根本之彗汪鋐為腹心
之彗方獻夫為明庭之彗比於審汪鋐狼撲之西向鏡具照此
卑之甫廉殄鋐不已鋐排衆欲陷之具辭愈厲都御史王廷
相尚書夏言引大義為緩解長安明士民觀者如堵歎曰是
御史非但口如鐵其膝其膽其骨皆鐵也因稱四鐵御史
後以子行可請代父死得免死戍邊子仁陽明弟子也後赦還
精密於禮家拜大理寺丞致仕之彗四鐵甚新穎松江華亭志亦載之

二十四日晴

得朱武如書專函訊允言疾

閱江鄭堂文集有公羊先師考以徐彥疏引戴宏序所傳授爲不然又駁徐彥謂胡毋生授董氏猶别作條例之說不可信其言曰董子書僅成殘闕之繁露其說往往與休說不合繁露之言三端十指亦與條例之三科九指迥異今之公羊乃齊之公羊非趙之公羊也與余前所說合鄭堂已先發之助我張目故余意每思尋繹繁露大義别創條例以明公羊董氏之學恐力不能勝耳

二十五日晴

劉獻夫觀察來得九弟書

閱慈湖遺書 汲古閣益卦象有以爲雷行風往相資相益

此説是否先生曰見善則遷有過即改當如風雷之疾如此

則獲益也舜聞一善言見一善行若決江河沛然莫之能禦

以舜之道一精一故無有退滯也余按慈湖此解最精透

樂記鐘以立號號以立橫橫非正音君子聽鐘聲則思武臣偏矣

磬以立辨辨以致死君子聽磬聲則思死封疆之臣死節難

正而廣言推此義備矣又曰絲聲哀竹聲濫亦非正之音也

雖窮年累月窮則思蓄聚之辰與大學及此條亦細　孔子問
禮於老聃老聃非莊子所謂老聃者何以言之所言總不類也豈
有與孔子議禮如此之詳而又以禮為亂之首也莊子所言
皆痛絕仁義所論亦有得間處　濂溪通書亦有取如云元亨
誠之通利貞誠之復於天下正一之中與懸通作之說穿鑿為甚
其詳精微明神應妙萬微故幽異我裂一道而二之
慈湖之學本於陸文安揉本之二字以主者其駁通者即象陸
辯無極而太極之條渡也蓋讀書甚有識圓異於絕無僅
有者裕山少之二編

二十六日晴大風是日大考翰詹

儆夫覽宣容民晦若先後來

隋書蘇威傳時天下大亂威知帝不可改意甚患之屬帝問侍

臣盜賊事宇文述曰盜賊信少不足為虞威不能詭對以身隱於

殿柱帝呼問之威對曰臣非職司不知多少但患其漸近帝曰

何謂也威曰他日賊據長白山今者近在滎陽汜水帝不悅而

罷此威不諱盜賊矣後又云羣盜蜂起有裒集詐闌者

祇祠使人全滅賊數以出師以討多不克捷既非威之職司

何故令其減數飾於下而聞於上何意竊謂威之喪節

在宇文述篡弒後其先尚非裴蘊虞世基比也亦過甚之詞
若改駁郡縣重來即盜賊滿道之說乃歸詞再一傳自相
舛異亦史氏之疏也

二十七日陰黃沙竟日

花農蕡臣均來得都中書

姚江之學既紛紜同異矣余亦不甚喜之竊以為三原之學
脉於河東所著不襲意見亦心安理得其子康僖公承裕學
從游弟子如馬伯循理韓苑洛邦奇伯阜並皆自立之三傳而爲
槲山剛大之氣百折不回亦比錦門之賸錄蓋亦三原之一龍

也河東讀書錄非不縝密但於于忠肅之獄依違其間傳
業不斷罪乃以諸相與佮真評均下詔獄河東猶爲
自卷懷之道者真深論也三原既不講學不去爲名臣河
東中講學不過一老儒而已富平楊斛山先生爵之出韓
恭簡門以劾夏言郭勛及修雷壇下鎮撫司在獄講學
不輟匣鎖死而復甦錢緒山獄中先釋斛山甚以靜中收
攝精神隆慶間謚忠介所謂關中二楊也斛山以天
中呼冤見釋椒山以附入張聚黨中被禍是爲
三原學派生色也

豐潤張氏澗

二十八日晴

答獻夫秦生來以魏蘇兩不碑寄廉生

明史吳寬傳時詞臣望重者寬爲最論選次之選院入閣當爲劉健言欲引寬共政健固不從他日又曰吳公科第年資聞望皆先於選之實自愧豈有移於吳公耶及選引退舉寬自代亦不果用論劉諸賢者劉之不欲引吳必有所見而史略之之竟不能明豈以材武宗衆之實不能獨成聖德雖有請不聞講讀之疏而委蛇承主非鄧遜易退之流故不引之以相成以甘盤舊學不欲如霍光之用蔡義耶未可知也

二十九日陰有風

趙燧冬來談得仙蘅書

陸陳二先生文抄劉德模所刊也陸世儀字道威陳瑚字言夏與江士韶盛敬世所稱太倉四先生者是桴亭乾卦講義不能充善遏惡存天理去人欲則不謂之乾不謂之元亨利貞不謂之天人合一而今日之講易徒成一番空話從身體力行立說可以見其學之踐實

確庵水繪園講義云性善之說本於子思實本於孔子易繼之者善也成之者性也善在前性在後程子云善固性也惡亦不可不謂之性似與孟子相左而其實相合此就氣質論性即孔子上智下愚不移之說陽明

之說無善無惡未免近於空虛宋諴輯析亦甚分明兩先生皆明末遺老桴亭絕意科舉確菴辭隱逸之薦視棃洲所處尤峻絜矣桴亭有感遇詩云思效披緇衣寄迹空門端君臣義已廢之業親殊未安俛首混儕俗流涕傷心肝確菴亦有秋闈貢士詩云卓哉一高義人讓我傳此龔餓死之業滿鬖黃節慈來因想見其卓行孤詣心不忘明較之以披緇溷跡者又進一籌得張清恪公序陸集云力矯時趨黜華崇實一稟考亭之規矩是遵序陳集云大中至正有規矩可尋薛胡諸君子何以加焉可以想其德量學術矣

四月初一日晴

韓香秦生均來沈子眉亦至閱大考單不全第一文芸閣係奉
朱筆應列一等者劉鏡恩費念慈崔國因陳鼎陳光宇均不準
列一二等閱廉生由三等十八拔置一等第六曹竹民由三等改二等未
知尚有更動否計應考者共二百八人四等二人王儆夫雷在夏

閱明史徐貞明傳京東水田實百世利才初興而為浮議所撓論
者惜之初議時吳人伍袁萃謂貞明曰民可使由不可使知君
所言得無太盡耶貞明問故袁萃曰北人懼東南漕儲派於
西北煩言必起矣貞明默然已而王之棟遂言水田必不可行

止陳閘壩池不便者十二處遂諭令停役如袁黃業貞明之說在明順天巡撫張國彥副使顧養謙行之薊州永平豐潤玉田皆有效在我朝則怡親王陳子翽學士行之歲稱者有效而至今屢罷者北人不喜稻且有司奉行故事故也余嘗論之亦未允行偶與合肥論及減北方之差徭以力役濬水並禁北方之騾粟以工賑濬稻實為百世之利非徒蓋京倉也河猶梗而我之軍食先以道澗而救之驟無窮實今日當務之急合肥以善之不能從也噫豈非以濟水實談抱空言無補之憾哉

初二日晴

劉鄭林張役傳來午後得袁爽秋書贈黃山茶徽墨

閱積學齋叢書有錢大昕後漢郡國令長攷余方創歷代郡國表可資攷證

初三日陰

合肥督行大閱海軍午後寄荃孝廉來得九弟書

閱大考全單廉生外又有移動上南兩齋在後者均升之徐致靖文子同考致靖由三等後移前三等十名而其子仁鑄則抑之三等一百名後倒數弟五樂荃蓀以三等一名改三等一百廿名倒數弟四作合肥一跨文戈什

唫寄小棧明日閱盛軍操也

初四日晴

合肥巡海署中清寂讀書倦則與閩人閑談或至鄭中興仲儀郵論經義得廉生書賦爲徐東甫所屏在三等宋公閱改三等十八及張徐皆獲閱改一等六名事類樊川第五矣都屬有安圃書

初五日晴

陶仲明孝廉喆甡來寄九弟書夜閱張南華扇面惜不諧

閱解文毅集牧齋云學士倚待挽數万言未嘗起稿蓋爲狂草

揮灑如雨風才名傾動海内俗儒小夫讕言長語委巷流傳皆藉
以學士大夫其集存者出自後人掇拾往往潦草率不經意臣
遂令蒙謗千古西涯亦謂其集真偽相半揵安以續大庭西封
事有云陛下將觀韶衍新書鈔樟纖蕪頗集一二儒英隨
事數別勤敍一經其後修永樂大典緝豐為總裁以功在典
籍而論其著作亦宜存錄今披閱全集詩非不藻秀而進禮
雅俗互陳境地太淺實質美而不學者當由功名早達以
敍述自矜遊無好學深思思之益耳集為遵化古松跋公所
刊惜跋無序跋當敍其人

初六日陰 生妣忌日

夜感寒，日晨起，勉力祀事，閒臥竟日。

初七日雨

陸眉五来

吾鄉志乘寥寥，明世宗母蔣氏，氏之父蔣斅，大興人，追封玉田伯，此亦宜補入者。蔣氏即聖母章聖皇太后也。按大禮議，國由興藩導禮之，章聖母之后至通州，聞考孝宗，恚曰：安得以吾子為他人子！留不進。所執甚正，要能不以孝宗為伯考哉。明代賢后妃多由民間，故嫡庶之間往往任意徑行，不獨章聖也。

初八日晴

夜僕輩將玻璃瓶碎遺火於淡巴菰上幾燬為之悚然

嚴世蕃之獄賴徐文貞始得竟及高新鄭當國所以扼文貞者無不至用前知府蔡國熙為監司簿錄其諸子皆編戍似為分宜報復者夫君子小人分在賢奸不分於禍福但明史於階子弟亦頗橫於鄉里且之嚴餘枝蔓方壽宮階數其孫子璠董其役以次璠由王事超擢常少又之子階一子中書舍人亦與世蕃之蔭籍父之廕者無甚分別其福之來也由於倖致則其禍之來也亦伏於冀徼而不慎故

初九日晴

午後答伯平仲彭來

部青門妄改施注蘇詩為世詬病久矣此真本開在虞山許無由見也凌仲子集有詩云宋漫堂中丞重雕宋本施注蘇詩乃青門改竄原本殘蝕斷爛僅十之七中丞裝襮藏篋自他山所見影寫本後世久不知有真鼎乾隆癸巳賓谿師以十六金得之燕市舊題日注東坡先生詩款書吳興施氏吳郡顧氏有毛子晉及宋中丞印始知所刊者非真也王見大以不得見原書題為憾得此可喜未知其得款何如耳

初十日晴　是日地震或云有朱姓盜火藥積屋中炸裂居旁傷六人故左近皆震動耳

倣卿示詩來午後摶霄至寄高陽復書以十二出榜也

周草亭先生著蜀漢書八十卷杜詩詳說二十卷其集中有二陸祠識極透快大致謂二陸以父為吳之宗臣身又嘗為吳將及入晉為成都將兵向京師而攻惠帝大節如此何以祠為此贊趣機埋於地下百喙無以自解者西顧瞻尚能無愧死耶草亭吳中高士十歲講學與桐鄉張考夫吳江張佩葱王寅旭崑山顧寧人爲程嚴穎生均有交世居松江卿卿名篆字籀青翁居海村輯其詩文以傳蜀漢書已佚杜詩集說存吳淞張氏今不知存否

十一日晴

午後至承詩處小坐，以允變之婿錸安一弱女在津種牛痘也。容民來話。

明史韓文傳：文宋韓琦後，生時父夢紫衣人抱送文彥博至其家，故名之曰文。卒年八十有六，潞公大年，忠定亦大年，豈真有前身後身之說，抑出於附會耶？潞公入元祐黨，而劉瑾榜奸黨，亦列劉謝諸公為黨，以文為首，亦頗相似，斯亦奇矣。惟潞公轉世竟為魏公裔孫，亦甚可異。其率大臣力爭，視韓小范風骨則更勝於潞公也。

十二日晴
惠人来以爲張樵野所讒意甚不平因慰藉之士周過署閒話片刻晚飯後送之乘新裕赴威海李務山由金陵入都送部引見也

十三日晴
夜閱右丞集微有所得偶加評點既而悔之於詩事終不敢自信也復載之書沈寬甫大令来亦將署豐潤令穀似之感
陸桴亭思辨錄云教女子只可使之識字不可使之知書義蓋識字則可理家政治貨賬代夫之勞若書義則無所用之古今以

來女子知書義而文閑禮法如曹大家者有幾不甚徒以導淫而已李易安朱淑真使不知書義未必不爲好女子也俳綸叢桴亭此論偏謬殊甚書義豈導淫之具乎三百篇多婦人之詞貞淫各判未必通書義者皆淫不通書義者皆貞也若則因世有王莽曹操而令男子亦不得通書義可乎三代以後婦教不修正坐不令通書義之故誠令入塾通經而以禮法則上以貫其夫下以教其子弟其益非淺桴亭方以儒術伏後進而先錮天下之女子不令通書其亦所見之不廣矣且識字而不通書則涉覽說部流弊尤多耳

十四日晴

午後方晁甫陳伯平同來得高陽書

閱明刻王忠文集忠文往諭梁王有降意會元裔有自立於朔漠者遣其臣脫〻徵糧餉於梁王覘知梁王欲附中國乃劫以危言迫王殺禕〻遂遇害忠文累代事元而身已食明之祿銜命使滇自當從難不屈獨脫〻以朔漠一使竟能劫制梁王斬僇明使亦元季之矯〻者投笠遠之〻斬匈奴使尤為正大明平滇南後禕無褒卹至正統時因義烏縣丞劉傑上言始贈官予謚開國之規模亦太略矣

十五日晴

仲儀來搏霄亦至

閱蔡忠惠集其茶錄兩篇上篇論色曰茶貴白皆指餅茶也下篇論器曰茶色白宜黑盞所見殊不可解且云茶匙宜以黃金為之更殺風景今明前均作淡綠色以淡大宜之最宜白盞故余品茶最不喜宜興沙壺謂其能亂茶色也宜茶之杯宜陶器端明又云注湯有準黃金為上人間以銀鐵或瓷石為之鐵則能變水味金銀之徒飾觀而已並則端明此錄因屢承仁宗之問而作實導上以侈心於茶之真趣茫然不知故坡翁以前丁後蔡並譏非苛論矣

十六日微雨旋止陰晴竟日

鄧班卿来云丁氏承抄文瀾閣書欲向余所藏借抄廿四種者所藏初無此書殆傳譌也

顧涇陽講學東林而以救李三才故貽書時相修為史佳之思其後救三才者争辛亥京察者衛國本者發梃擊科場獄者請行勘熊廷弼者抗論張差梃擊者最以争紅丸移宮者忤魏忠賢者舉指目為東林并擊無虛日借魏奄毒燄一網打盡善類為之一空以亡無異東京黨錮也噫於季首楚浙之黨大熾論世者勿專咎東林也可

十七日大風一陣陰

得柳質卿書復之又為丁氏借書蓋朱氏藏書在海內惜已有散佚不知羽化屬何人矣昌邑仲儀談館政趙寄香書來收得闔氏所著四種

嘉靖之喜獨斷刑法偏頗已甚尤莫奇於復套之獄曾銑建復套之議所陳八事曰定廟謨立綱紀審機宜選將材任賢能足兵餉明賞罰備長技目是審時度偶略帝既令夏言擬旨優獎銑銑意且師乃出議塞而無敗衄之事乃王瓊譖移怒並嚴責既而以套言銑罪職之矣無故遽之殺之諫不

可鮮大明祖取元上都改其地置開平衛於外設東勝衛自寧夏至偏頭二千里聲勢聯絡三衛廢而河套遂為敵衝正德間楊文襄嘉靖初御史陳棐持議復之襄陸才足難旣以廢算因以兩可坐收成效將因嚴嵩仇旨浸潤之譖無故而加以勞臣縲殺長寇以世宗之果於有為而顛到遂非如此並則其包廢而措於軍國大計者亦不難而已夫張經輩雖殺之過當猶曰僨事已謀也銑特以開邊挑敵偕夏言之獻策則凡籌邊計者孰不以因循粉飾為事無惜半服自養諸而益弱矣

十八日晴
龔厚庵来復質卿書
凌仲子有詩云苦被錢驅不自持雞鳴將刺日孳孳年来猶喜
傭書暇抄得昌黎一卷詩詩雖直率想見其好學之專仲子
家貧業賈年二十餘精以讀書爲篇章錄張皐之著墨文
竟成進士有子杼居經易發集其一端也仲子慕休戴之學
頗非朱子以理學爲禪學其肄經精於士禮又於聲音訓
詁尤專以攻宋學其極至阮伯元相國至契府宗正教授
年五十三遽卒而無子可謂窮矣

十九日晴

劉幼農來

閱趙汸東山集乃趙吉士重刊虞伯玉行狀闕二葉來竹垞告以滄葦藏書有之亦未借抄非佳本也竹垞贈天雨詩云處士東山下定深百年論定首儒林屬辭最善春秋教作史無慚高尚以蒙係傳終有待譚魚氏藏試重予寄發揚端籍賈孫方早晚成雅好音是書之刻藉竹垞退侵之力而卷中加以評點之矣非原本之舊蓋天雨於校本未甚之講求耳思致抄本一證之不可平得

二十日晴

陳墨樵下第南歸寄伊潛書得樊秋書

元世祖至元間僧格作相其後敗誅丞丞丹崔彧上言僧格當國四年中外諸官鮮有不以賄而得者其昆弟故舊妻族皆授要官美地唯以欺蔽九重朘削百姓為事時僧格已死因妻弟積贓狀以仆其輔政碑矣夫僧格受賄至四年之久其流毒之如此況久秉國鈞乎余謂私其族姻與猶顯而易防惟賣官鬻爵則賄多即疏者亦親賄重則惡者可譽顛倒是非莫甚於此為政者之深鑒也

二十日晴

何士果宗于戴下第通談晚邀伯平觀虞昆仲夜酌觀虞病未

終席而去得合肥電廿三可昧

元武宗奉皇太后燕大安閣閣中有故篋乃世祖貯裘帶者

內侍李邦寧曰臣聞聖訓曰藏此以遺子孫使見者樸儉

何為華侈之戒有宗王在側遽曰世祖雖神聖然嗇

于財此宗王不知何人一言啓人主侈心宜即責譴之時

太后及帝雖深許邦寧之言而其時土木頻興太后造寺

五臺山軍人供役至六千五百人虛勞費矣

二十二日晴

士果復來談家計無策周之相對惘然

州志訪董定岩先生事不得偶閱桑弢甫集有和定岩豐亭詩先生迎養太公於署東疊土山結樓亭名曰豐亭以豐潤有此鎮寄土思也弢甫時主講潼綿書院與定岩交契實約之赴豐潤會董丁艱沒於舟次弢甫送喪至董關莊有哭定岩詩似可略采以補志乘之遺甚紀程詩云河斜月濃無人見荒魂隨楚水流爲定岩作則先生實死於水也 次日檢弢甫文集有定岩墓志尤可喜

二十三日有風

酉刻合肥肖渝閱睞同惠人晦若談

閱彝齋集四庫提要謂子固平生始末諸書不同齊東野語云終提轄左帑身後有嚴陵之命姚桐壽樂郊私語謂孟堅入元不樂仕進從弟孟頫來訪既退使人濯其坐具惟集中有甲辰歲朝把筆詩有四十五番見除夕以干支逆數之當生于慶元己未距宋亡幾七十八年孟頫仕元孟堅必不能見鐵網珊瑚載孟堅梅竹譜卷有咸淳丁卯葉隆禮跋稱子固晚年工梅竹筆自註者睞將爲之是正而子固死矣是孟堅卒于丁卯以前云與足證姚說

之誕梅集中有按泉使賈秋壑先生啟又有改官謝總使賈秋壑先生二啟宋史賈似道傳不載其嘗為泉使淳祐元年改湖廣總領子固改官當在此時距甲辰三年時四十三也啟云蚤歲游昌黎之門闌年被山公之薦則於秋壑為舊識又云摩頂放踵皆被陶天之高地厚徐深恩可云極其諂媚矣又有問梅寄秋壑一絕末云地寒先都日春風亦屬感詞之意集中賀秋壑總領例亞泉使知泉使在先是其由運司首幕知諸暨出於秋壑非薦後以言者疏劾嚴誅即寢意感藏日感竟未再起雖嘗比匪之恩終能自拔視子昂身事二姓固略勝耳

二十四日晴

惠人來答晦若午後金節臣來仲彭所延館師也名明運望江孝廉

和氣致祥乖氣致戾天道也宋至徽欽危矣復禪讓之際兩宮猜嫌遂生疏至青城之禍元末亦以外寇叢熾而奇后為太子日謀內禪其討博羅欲以重兵擁太子入城脅帝禪位使非庫庫之散遣其軍未必無望夷沙邱之變也不父子不子雖有粟焉得而食諸奇后挾高麗之憾興兵更置廢遣宦官為博羅所幽錮以討免後欲亂其綱更易帝坐是亦元之禍由也已

二十五日晴

惠人回都午後蒼燧冬燧冬燧冬復過談

閱姜氏秘史明姜清撰正德辛未進士靖難之後建文一朝

事蹟大氐遺失是書於故案文集搜輯遺聞編年紀載

至地道出亡等事則未嘗載及頗見精核桂安其與明史

異者惟燕王來朝行御道不拜為曾鳳韶所劾明史以

為必無之事而此書實據吉安府志及潘瑄貼黃冊明史

云王艮死節而是書云艮以建文辛巳九月卒見其家譜案

正德距永樂時代較近其所摭拾止是則建文朝所遺置

于艸堂石影

為成祖君臣芟刈殆盡矣以建文之仁柔當成祖之雄猜即齊黃削藩之議不然彼燕人豈遂肯替之北邊藩所謂削亦反不削亦反者所惜齊黃之迂不及鼂錯而以軍師之任寄之耿炳文並不及周亞夫故吳楚敗而燕遂成耳永樂之毒過於蕭鸞建文自焚與後唐末帝燔宮不異必遠作從亡一說轉為永樂寬免姜氏此錄作於正德時具見人心不死公論猶存雖革除年號何益余嘗謂宋太宗奪德昭之位雖南渡後孝宗入纂仍不得為天道好還成祖以臣叛君居然享國久長傳祚十餘世尤理之不可解者

二十六日晴

閱宋書沈約表云何承天始撰宋書止於武帝功臣志惟天文律曆此外悉委山謙之孝建初蘇寶生續造元嘉名臣諸傳大明中徐爰因何蘇所述勒為一史起自義熙之初迄于大明之末至於臧質魯爽王僧達諸傳又皆孝武所造永光以來至於禪讓闕而不錄今謹更創立云云按梁書裴子野傳曾祖松之宋元嘉中續脩宋史未及成而卒宋書則云未及撰述顯約有所攘竊故沒其文也揭傒斯曰有學問文章知史事而心術不正者不可與其休文之謂歟

二十七日晴

晦若略談時徵聞朝鮮事余他秘不告晦若亦不省言可笑

覘明史熊文燦傳文燦總理軍務福所養僧空隱僧迎謂

曰公誤矣公自度將兵足制賊死命乎曰不能曰諸將有可屬

大事者乎曰未知何如也曰二者既不能當賊

上特以名使公厚責望一不效誅矣文燦卻立良久曰撫之何如

僧曰吾料公必撫然流寇非海寇比公其慎之僧殊恢詭

惜熊不能求其故也噫流寇非海寇比海寇已可慮況

海國為寇乎前二者則此如熊之所云矣

二十八日晴晨微雨

閱王徵士集彝字常宗嘉定人自号媯蜼子坐太守魏觀事

与高青邱同伏法錢牧齋小傳謂其得蘭谿金文安之傳

王行先硯堂記稱其本陳氏子欲復本姓竟卒不果名在

北郭十友中此本傳刻都穆所刊僅詩文四卷尚有劉

廷瑋浦果輯補遺及後補遺未之見也香祖筆記

謂其歌行學李賀溫庭筠墮入惡道修體亦不能佳按

要之嗤其為楊維楨作文妖一篇詆爲傷雅而宋牧仲

序則稱其學有端緒文不蹈襲云

二十九日晴

過晦若談吳質臣自工部來閱散館單留三十九人餘均改部屬

知縣陳介庵以二等九名亦改知縣以臺諫條陳疏通編檢也午

後至金簡臣處小坐

萬承蒼宋書攷證云請求張子野宋略鮑衡卿王琰宋春秋

已亡按南齊書王智深傳尚有智深所撰宋紀三十卷亦不可

考矣智深傳約多載孝武明帝諸鄙瀆事世祖謂約孝

武事迹不容頓爾我昔經事明帝卿可思諱惡之義史通謂

齊武是而約之尤甚齊武猶有以下視約之挾私搆誣而宋史滅矣

三十日晴

洪孝廉（槃）來晤呂庭芷前輩

楊文公談苑周世宗嘗為小詞示竇儼之言今四方僭偽之主各能為之若求工則廢務不工則為所窺世宗遂不復作比避暑錄之云度當時所作必不甚佳使儼之云爾非世宗英偉識帝王大略豈得不以儼言為忤又安能即棄之之故為天下者在此不在彼也葉古今誼辟英君亦有不嫺文墨者而影不可耽於文墨若以吟風嘯月自矜規模狹小轉不如越自武功者作為澗澗大笑儼真有相臣之識

五月初一日晴

海防公所一行往見伯平午後得劉博泉書九弟書来

初二日晴

得廉生書寄都寓一函過梅若劉燕臣来午後永詩過談

初三日晴

劉景韓来午刻若農侍郎試畢過談申初始去復約晦若同過試院夜話況子眉辭行回滬

初四日晴

得九弟書

初五日晴

醉卧竟日

初六日晴

翰香来得蕙人書行險徼幸難矣哉

初七日晴

揖升回得廉生書

初八日晴午後陰微雨

廉生得蘭爵甘雨香大令来

初九日雨

合肥回慈聖賜扇有疏謝附寄都中書並復廉生一緘

班書自序以外戚為榮已可笑沈約宋書自序則尤羞恥矣其高祖警曾祖穆夫因事孫恩穆夫受恩偽命沈預告警及穆夫被殺此本晉之罪人於法應死其祖林子乃屠預一家老幼雖曰不共戴天並仇法非懲仇孝子也約之父璞又久事始興王濬為元凶淮南太守世祖戮之定其逆黨約諱之乃云顏竣恨與璞交不酬其意世祖將至譖以奉迎之晚橫罹世難此逆臣子孫筆之史宜其偏袒宋君臣以快意矣

初十日晴

仲璋來下第後就汪居牧館爲高陽章會試錄前序

十一日晴

寄復高陽書

南齊書良吏傳裴昭明松之孫駰子官廣陵太守中興二年卒其從祖弟顗昇明末爲奉朝請齊臺建世子裴妃須外戚譜顗不與遂方籍太祖受禪上表誹謗掛冠去伏誅此自是宋之節士宜附松之傳中而沈約宋書沒之考宋書在梁武時頗有改定如邵陵之於齊代不應諱之於梁動六朝人不知忠義爲

何事直以為誹謗當誅而已使非蕭子顯附載昭明傳中則其人忠於宋而死竟至湮沒無傳矣按南史松之傳附昭明子子野事稱沈約所撰宋書稱松之已後無聞焉子野乃撰宋略云戮淮南太守沈璞以其不從義師故也約徒跣謝之請兩釋焉是休文有私憾於裴氏並黜之述作昭明之啟事均以無聞了之何況於顯報而釋而裴氏之事仍多湮沒惜哉李延壽既明著其事乃復削去啟事顯傳不附松之傳後尤為疏舛噫余舊圖新著皆捨青紫殘耀於素而憔悴貞壹之士殉於無名亦可慨已余所以表而出之

十二日晴
午後陳蓀初來
十三日晴
陳以培來過晤若略話寄子涵書
十四日晴午後大雨
贊臣翰香過談搏霄來
十五日晴
仲瑋來談得清卿書並湖南志
北齊無積累其享國誠不能久長然使宮禁中無胡太后之荒

淫後主之謬惑及陸令萱穆提婆高阿那肱韓鳳構陷寵弄權則亦不至忽亡如此之速馮淑妃之罪尤著乃北齊書顧略其事亦不附穆后傳中使非北史則小憐幾於湮沒即歸史傳之未及徵信者李百藥之疏也後主以小憐慧黠顧以生死一廢故至長安仍乞之周武及後主遇害以賜代王達小憐不一死以報緯復偕達妃幾致於死迫王妃兄令其布裙配舂仍復還延首活何其隳節惜命若此非妃母迫令自殺則小憐得生亦必如胡太后之恣行淫穢以沮其高氏由亂宜有此報當明著之以為寵嬖妃妾者戒 北齊書於恩倖高阿那肱傳略及淑妃事而不

詳其本末

十六日晴

晦若來談夜賁臣來

十七日晴夜雨

寄廉生及允言書午後過伯平

十八日雨頗涼 是日夏至

連日讀白氏長慶集

十九日晴

張筱傳采孫慕韓由揚州回都留之午飯賁臣稍論瑣事

玉山自永定來談佃平事良久得安圃及康生書

二十日晴

過晦若翰香來

二十一日晴

劉季盛來復清卿書

二十二日陰

洪公述來辭行寄吳壯孫書並三十金

二十三日大雨如注

晤晦若容民

宋書臧劉彥之傳不知何人於此卷張邵傳增入其子敷傳敷目有傳互有詳略張暢復出前人什之數複出改證未之及也　孝武紀海陵王休茂舉兵反義成太守薛繼考討斬之萬氏承蒼云繼考乃爲休茂盡力之人何一書之中互相悖謬至此南史載參軍尹元慶起義討之傳首建鄴殆得其實索文互傳繼考初助休茂及休茂被殺繼考齊劉恭之作啓云云義目殊辭還都上以為永嘉王子仁北中郎諮議參軍河南太守封冠軍侯尋事泄伏誅則紀所書乃據實錄舊文非互誤也萬氏讀休茂傳乃過鶻突耳

二十四日陰晨起天容如墨雨脚如繩午雨止時作小陣潮熱不可耐

晉臣來

二十五日陰

燦以山自都赴鄭過此復奭秋書

二十六日晴

日本以兵脅朝鮮欲使為自主之國不認中屬合肥甚愠與幕僚集議竟日余廖人也所謀未必合時殊為憤悶狀與言頌生而已沈頤來得九弟書廉生亦有復函

二十七日雨

梅若永詩獻夫啟之先後來昨琴西都轉之次子荷亭太令來見乃琴生親家人甚質實精密頗有父風以元本隊章集見示今日稍暇乃披玩之頗佳也聞朝鮮已服日本袁世凱解隸中國共此近藩勃海鴨綠處處與朝鮮毘連倭韓合則我孤長為邊海患矣

羅集乃元曹道振編至正癸未先生五世孫鋟本凡一十三卷附錄三卷外集一卷年譜一卷道振有跋此本以年譜別置於前殆明成化八年張泰重刻本也既共曹跋並張泰序去之以充元本耳卷一經解有錄無書政進本並去其目遵堯錄八卷即梅

翁名臣言行錄先河也全謝山云讀豫章之書醇正則有之精警則未見所造祇在善人有恒之間龜山之門篤實當推橫浦通才當推湍石多識當推紫微知禮當推息齋橫浦紫微不能自拔於佛氏爲朱子所非豫章亦未脫然蓋因弟子益甚所不取推之是門戶之見非公論也黎洲以豫章教學者靜坐中看喜怒哀樂未發氣象是明道以及延平一條血路致謝山譏之其意以延平爲遜朱子爲大豫章蓋闇運身然文質遵堯錄辭徵及議論要體亦有精警處似不必抑羅揚李强爲軒輊也

二十八日陰

杏孫來三次蓋欲竊取餘論以迎合合肥可厭之至

閱張仲遠所刊四婦詩宛鄰先生琦四女皆能詩長曰緗英字孟緹適吳偉卿比部其鈐次曰綸英字婉紃適孫叔獻故旭曦次曰綳英字緯青適章政平季曰紈英字若綺適王季旭曦婉紃書學北魏若綺並能為古文惟緗英偕老偉卿以名翰林改官秋曹差享閨房之福綳青早卒紈季均嫠居依弟以終天忌才尤忌女子之才味何故耶若傳女六餘詩處境似其母尤酷不可解也

二十九日雨

晴，且柔。

閱西齋集，集後附雙影記，託名爲徐騎省子黃保儀之怪也。又有通天臺、踏江閣兩種，皆亡國餘哀，類西齋自謂也。祭酒生平大類騎省，故西齋借騎省之子自悼。澤州相國序其集，謂當魁天下，故以徐遹以琵琶賦首狀元自喻耳。西齋名睦，字元朗。

六月初一日雨

同梅若容氏雜談竟日倭韓消息甚惡也得子涵書李怡庭自都至

閱新舊唐書合鈔梅若極稱廿史四譜閱之殊未愜心按沈東甫炳震歸安人世居竹墩家門極盛與弟幼牧並膺詞科之薦沈文慤謂當時此科若為東南有用者乃在試仍不遇浩然而歸後錢香樹以合鈔進呈校勘唐書史館采之其弟炳巽字繹旃著有補正水經幼牧名炳謙以五經九

初二日雨

獻夫來

房杜為唐創業元臣顧子孫均不振殆以參、武門之故也當時隱巢相循轍而廢之亦已足矣何至誅及其裔而實為淫刑以逞遺愛既以主故奪兄封爵後以謀反伏誅楚客復為魏王泰潛結朝臣用事者說泰可為嫡嗣以兄晦有佐命功免死廢于家夫楚客依賴晦救濟而勸泰與承乾構隙豈非習見晦之廢太宗兄弟耶晦子構亦中年不祿皆房杜自遺之殃耳

初三日雨

夜過晦若

光武諸將余最喜大耿及曹操將篡耿紀爲操所敬畏獨能與太醫令吉平丞相司直韋晃等謀起兵誅操事雖不克亦足見故家遺俗之盛所謂與漢興衰者不獨大將軍二人將軍九人及列侯尚主九卿刺史之不替也余嘗與十三將軍追賊至潞東及平谷遂窮追於右北平無終土垠之間至浚靡而還是著於軍功於吾里後余還鄉當建廟祀之 以耿傳證之右北平浚不在土垠可知

初四日雨

雨中無事臨樂毅論一通快雪堂源搨也

余求沈繹旃水經不可得〻張〻悅匡學以水經釋地以今地證古地

殊鶻突即以京東論之以蒜雲山屬灤潤而以觀雞屬密雲

又以玉根屬永平塔西南如此之類不一而足有不勝訂正者可

謂無知妄作矣余嘗有此〻意欲以水經注附於山川溝渠省

程史及地志驛程別為一書附於水經之下以補水經之

略以糾酈注之疏然身未行万里而半天下不敢論著也即

全校水經亦未盡善盡美耳

初五日夜雨

衛達三吴樂山来初議師出平壤達三願舊部勇請行及聞倭船游弋大同江下汝昌不敢出巡衛亦中沮矣晚晦若來談

宋熙甯四年高麗始通貢先是高麗為遼所阻不通中國者四十三年至是福建轉運使羅拯令商人黃眞招接通於高麗王徽願備禮朝貢拯以聞謂可結以謀遼乃命拯諭意徽遂遣其民崔侍郎等由登州入貢後為中國通好宋欲謀遼而徒結援於高麗此空言耳其時水師未能精練詳見本報奏議中沿邊布置未密和之不遠而棱結外援以圖無隙

之遼實為廷論時新法方盛張大之以為藉駐耳並在今
日而論救國遼東非護朝鮮不可朝鮮折而入倭則
渤海去其半不但遼瀋震之可通彼以師船出沒於登旅
閒即天津山東亦無安枕之日矣然則今之高麗不獨視
為股肱直當視為心膂也其大有以漢江口及大同江為
要隘唐之平百濟自熊津入平高麗自浿水入其明證也
海軍既如宋之水師舍而趨平壤則彼之犯我由海道
由山道
逕而上逼我之護朝鮮勞而上廷又僅僅以驕蹇之撫臣
刻薄之鎮將當之懼不可用也

初六日晴

嚴夫來得高陽復書

志雅堂雜抄殊瑣碎無足取所云華亭市上一物如桶無底非木非竹非銕非石一老商名為海井究竟是石乎非石乎竟不能詳此妥讀耳文紀子昂說以雪餻為画綢絹托裱於麪糊不黴不脫則直以米粉作糊豈不省事何取以餻為糊乎迂瑣可笑又云以小粉作糊此則近人皆用之矣閱記纔史拘極淺陋無異兔園冊子其人特今之骨董家而已士大夫乃一精抄以為秘本甚無謂也所見乃余家刻本外有抄本一冊

初七日晴

晨過伯平草草一飯是日俄使來和議無成合肥甚憤始
決用兵意然陸軍無帥海軍諸將無才殊可慮也
後漢書南單于於漠北遺竇憲古鼎容五斗其傍銘曰仲
山甫鼎其萬年子子孫孫永保用憲乃上之安得如此巧合此
鼎非單于偽造即班孟堅妄釋以媚竇憲耳近日稱鍾鼎
者大率類此也以未識古字而不惑於古器者莫快於張泉
器之辨鄧鼎自東京以來所有遺識文漢興赤伏之後古器
之作偽者多矣

初八日晴
杏孫來同梅若容民談
初九日晨起風雨
費臣翰香先後來巳刻內人患霍亂吐瀉並作竟至昏暈
既甦夜深復因伯夫人忌日在迩思深痛迫也急延醫服藥擾
擾竟日寄九弟書
初十日晴
伯夫人二周年至經堂一行得安圃及廉生書
十一日晴

貲臣來合肥云各國以漢城仁川均商岸勸令日本撤兵和局可成果爾則東方和戰之權西人操之亦中國之恥也而譯署欣欣冀可收無事之福時郎撥的餉三百万 上意蓋主戰云

十二日晴

家忌未見一客

十三日晴

復廉生書 夏太守敬頤自廣西來字養泉永單兄之內兄也 樊州同恭壽字銘叔舉人介軒之弟自都來赴江蘇 貲臣來談和局又調兵矣

十四日晴

寄安姪書花農來三日完塾之至內人小瘉
十五日晴夜有微風聞都中雷雨平地水深數尺
晦若約談賈制壇來奉召募八營之管也鞠香銘姝均至
十六日晚雨
蕢丘來旗人佩紱全屬田里取先輩錄遺卷午後陳蕢
與約大埔李寶森字穀生士成容鼎鎮來詢朝鮮形勢李奇誕
不及陳之確實也得廉生書並律心一部蘂秋亦有書至
十七日雨
四兄忌日夜合肥示摺稿會疏有私意時翁李亦派入集議

甲午下

六

豐潤張氏澗

也十三日所派十四日復奏

十八日陰時作急陣

晦若來復仙蘅書並屬代致律例根源菅臣過談

十九日晴

以龔秋書及琴及照寄各件由三晉源寄惠人仲彭來話

二十日晴

獻夫翰香菅臣均來晦若來詢倭韓消息高陽十七專足來

六詢東事夜袁慰廷自朝鮮回

二十一日晴

搏霄尉廷詢來復高陽書

二十二日晴

誼卿自蘇州至夜劉秀才燕臣辭行回東應試

沈端恪遺書勵志錄云有一前輩潔己而不求人聲吾自為之官則可若居大位須以激揚為先養惡容奸已是己之不潔佩綸謂此難居大位者犯之最多其實不求人難即居小官不可以官不容吏役家丁之難必累其名矣豈獨此哉居家而不求難則不能齊家求友而不容難則必遺損友要在照自厚而薄責人斯可耳不求人難而徒務潔己自了漢耳

又云華亭周櫟山謂余云錢虞山初學集君子之文有學集小人之文既説與佩綸合端恪又云虞山初附東林投甚文可觀迨其敗名喪節則文亦趨下矣是文章不可偽為既聞余此人此論文品之證也

又云後世多譏議王弇州文字然弇州氣節才品極高既其扶持櫟山一節已是梗概非震川所能及文翰陵駕於震川而譏論不已是道絶截無關於治亂興衰之迹則亦尋常瓦礫之作耳其中豈有物哉又論震川雅治之以張貞女一篇為得意殊改修宋史亦不能佳識力均卓絶也

二十三日晴

誼卿來談午後啟之過話以慰廷所上條議見示晚怡行由南來

二十四日晴

陳景熙志先及姜翰卿桂題程平齋允和來程由牙山至詢以朝鮮情形誼卿來談午後聞牙山運兵之船被襲濟遠奔回廣乙沉沒操江被擄高升所載千二百人及洋員漢納根俱罹旬後合肥伯談慨歎而已臨著容氏所來

二十五日大雨

讀後漢書竇融傳融遷大司空自以非舊臣一旦入朝在功臣之

右容貌辭氣畢恭已甚數辭爵位因侍中金還日達丞
謙范史稱其敦遠獲罷謀弟謂智願避位不獲丞於黨
免旋行衛尉又以就職未免為蛇画足既而兄子林以罪誅
翁皇后廢黜蘇第而年老子孫縱誕不法丞於交通輕薄屬
託郡縣干亂政事朝丞穆等均免官家屬歸故郡而隻
身獨留京師豈非多嗇多辱哉融嘗疏言子姓頑鈍
及今觀叔文見識紀而穆等所為又豈積通經義者此
固諸子之不肖也融年衰志倦有以致之豈若高密教
子一經之為善屬功名哉甚矣融不足為智

二十六日晴午後雨

誼卿来範農亦至

二十七日雨

聞北路軍至義州城外二十里平壤已失有商船至煙台云華軍與日本戰斃其千餘人我軍傷亡百餘見進劉水原（聞傳訛不確）

二十八日晴

枯坐竟日念倭事無人勢將大挫頗無權可以振之悶悶而已豈非天哉

允征日本至平壺島遇颶風敗舟經世大典云諸將上言至日本

欲攻太宰府暴風破舟猶欲議戰万户厲德彪王國佐等不
聽節制逃〻本省載餘軍合浦散遣還邑忻都戰敗卒
于閶脫歸言官軍、八月一日風破舟五日文虎等各擇堅好船
坐〻棄士卒十餘万於山下衆推張百户爲主帥伐木作舟欲
還七日〻本人來戰盡死餘二三萬虜〻〻盡殺蒙古高麗漢
人謂新附人爲唐人不殺而奴之蓋行省官議事不和故皆
棄軍耳余謂越海征夷不虞風色地勢而遽以海軍
委之敵其遇風非不幸也擇將不慎耳況王磐已諫於
前文虎請回〻擬臣又不與輕敵臣衆安得不敗

二十九日晴夜雨

周郁山來合肥欲派赴北路郁山力辭

英宗廢置任守忠事皆以爲韓魏公邵氏見聞錄載之甚詳

惟李燾長編引文潞公私記言治平元年六月諫官司馬光呂誨劾

入內都知任守忠交關窺測光又疏其十罪乞斬之時富鄭公爲

樞相乞行諫官之言英宗命竄逐之鄭公與中書同奏事殿上

韓琦進曰陛下登極之初守忠亦頗有勞願少寬之鄭公奮而

前曰先帝親授陛下以大寶皇太后協贊有功而守忠輩乃云某

有功某有勞臣不知守忠等復將置先帝與太后於何地耶

上疑鄧言倚悚並出邑都之毅步臣言鄧氏相及援守朱安構
兩宮實則讒英宗於曹太后前也魏公雖厲聲擬僚碩
畏一任守其而豺之包恩哉邪議公於記非偽記於衙狀重
懲之而猶僅以蘄州安置輕之又之不懲歸以之之意耳時
宦歸以為魏公已有隱故兩說非輕若此以情度之守其讒
英宗英宗左右亦必有進異議者當時觸兩駭之方為交
盡其道而歸陳當日但注意於英宗而忽曹后猶之元
祐間諸臣但注意於宣仁而忽哲宗皆為未得其平元
祐激為紹述洛平之世葉而未生他變耳

七月初一日雨

郁山來翰香道卿制壇踵至聞葉軍廿六七又捷共傷亡倭兵二千餘名我軍亦傷亡二百餘倭傾漢城之兵攻之未知勝負水原險要可扼戰守地也後聞此戰乃謠傳葉廿七日已退之矣可歎

初二日陰

郁山慰廷來聞葉軍仍在牙山

初三日雨

郁山慰廷道卿來過晦若遇胥雲已楯光祿署已夜晦若來

慰廷復至寄廉生書並銀三十兩王升來

初四日晴　繼祖妣靳太淑人忌日

吳樂山聞並入頤援寸山不能拒密也合肥以為大愚晦若送巽之電欲慰廷入都師意不可以琴生官付史館奏交贊臣聞寸山大挫所增之江目康萱已為倭所破

初五日陰

聞葉提督有陣亡之耗内責海軍合肥以臨敵易將為慮與余議不合余執不在其位之例不聽即已亦不力爭也晦若玉山均來呂鎮本元字道生將赴平壤辭行得家書知許鶴巢下世為之惘然

初六日晴　先君忌日

伯行来談勸余勿食肥不可讀蘇詩一冊心緒甚煩余平生

不合時宜真略似坡公也

初七日晴

晦若来陳蓀初過談

初八日雨

得戴之書將赴鄂賛臣小坐周郁生復顧赴平壤談片刻

初九日夜雨

誼卿来午後呂道生至

初十日晴

仲儀入都陳蓀勤陳序東來倭船犯威海旋退此游兵也不

足慮敬慈二卿甚苦得廉生書

十一日晴晨大雨

午後允言來欲躬至中元祭墓以鐵道阻雨不果

十二日晴

歐大虫山慰廷仲瑋雖至坐久談爲之流劇破痛榻以倚疎有元

徳撫辭之感曹蓋臣過談甚洽得慕韓書悲甚次之

十三日晴

仲儀辭行勞力疾見之延林醫治疾聞聶鎮退至金川中有黃州倭軍阻隔作一函請合肥令前敵策應

十四日晴

誼卿入幕

十五日晴

贊臣蘅香均來得外姑馬太夫人訃電

十六日晴

九宸十二即赴大沽今日歸留宿兆龔軍府中梅若容氏來

十七日雨

晴。丁雨亭來，見合肥中丞譚卿梅若自來。是日以劍已盡

坐朊大祓步艤卧寫定齋

十八日雨旋止陰

晃輩入都，允言同行，十六日離此，作潤師一啟

十九日晴

閱荊公集兩卷，招弁縣得廉生書、慕韓書，觀虞來

二十日晴

輪舟回送至馬頭，水淺，晃輩明日可到都矣。閩臬司袁道

仲瑾、谊卿、梅若先後至，清卿、吉奮勇已、俞允業單六返去

平康即可抵平壤矣
二十一日晴
久卧牀褥無客至二明容来則又獻之得趙菁衫書
蕢臣来作一長函復慕韓是日入白齋見合肥少談
二十二日雨
晓仲彭来久坐甚乏飯罷即眠蕢臣書来云葉已退至
江口距平壤不遠矣
二十三日晴
蕢臣来得九弟書孝達有電詢朝鮮事卅〻復之慰廷

来談出吳之書相示一翁李均以吳之為謀主可笑也頡趙復

載之一緘

二十四日晴

海若来伯斗銷假至已委署保定府矣午後伯行来話

二十五日晴

伯平来辭行九弟有書復之

二十六日晴

閱葉志超得樵統可笑之至相從退回之文武皆并均請

復獎不知何功也慰廷来

二十七日陰

晉臣來寄伯平丁艱以一幛唁之 得晃子書廿二日到都

二十八日晴

嚴夫陞翰香來午後晉臣偕仰山來話内意欲去丁汝昌

合肥屬晦若覆疏護之 晦若封稿見示余不贊一辭

也以考籍寄都

二十九日晴

復子涵書以幛聯各一洋四十元寄奠

三十日晴

得兩兒書，蕢臣、晦若均來。子涵有書至告急。

元武宗初年，右丞相阿實克布哈（舊作阿沙不花）諫曰：陛下八珍之味不知御，萬金之身不知愛，而惟麴糵是耽，嬪妃是好，是猶兩斧伐孤樹，未有不顛仆者。帝大悦。亦時蒙古風氣質樸，君臣之際有若家人父子，故其言直率如此。惜帝説而不改，至大之政，錫賚太優，泛賞無節，頗失至元大德規模，而享年亦以不永，尤可惜也。仁宗即位，李孟謂陛下御極，物價頓減，方知聖人神化之速。此雖孟之諛詞，然亦足見武宗之朝民氣憔悴、百物騰貴矣。

八月初一日晴

獻夫翰香均來朔日祀 先疏擇略能成禮矣誼卿來談

初二日晴

積卿自請辦幫海軍得旨申飭誼卿來談相與愴悵而已

聞鶴巢樞眷過此遣僕以祭筵奠之余尚未能出門也明

日有摺便寄康生及兩兒書

初三日晴

誼卿梅若均來復菁移書

初四日晴

曹蓋臣來談歷詆宋之驕蹇衛之刻薄深為東事憂之
誼卿旋至午後陳志先通判袁與采甚人心頗深細頗
多中宵讀得坰兒書

初五日晴

傷風感冒甚重寄諭兒書伯行來馬積卿由金陵至

初六日晴

傷風略瘉黃秦生來未得見坰兒託帶家言王孝辭
九卅徐郁長革楊頤皆無文名者

初七日晴

周杲袁道辭行盛六尾至鄰談可厭午後晦若誼卿均來

夜袁又至

初八日晴甚燠

黃秦生來午後董少溪蚨自鄉至任果訪之復貢癸正副

初九日雨

午後翰香萱臣先後至清卿茵防盛海聞汪鳳藻

有華職之說形同聾聵宜哉

初十日晴

午後出門至晦若誼卿處小坐即返龔厚菴董少谿

同來厭天上坐談良久

十日晴

聞楚寶被劾合肥準其葬喪午後頤廷一反誼卿

來誼卿眷屬至達一則接楚寶差也得兩兒書揖

弟九日始回以道為霖潦所阻耳

十二日晴

十一日閱抄上諭御史端良奏請將革員驅令回籍以免

貽誤事機等語革員張佩綸獲咎甚重乃於事竣遣

擇回後又在李鴻章署中以干預公事屢招物議實屬

不安本分著李鴻章即行馳令回籍毋許逗留欽此合肥
頗慍余謂人言宜恤 君命當遵擬節後遷居以息浮議
雖若誼卿貫臣均來屬貫臣料理新屋蓋屋尚未成不
能春夏早遷實由於此遂為言者所中可慨也寄九弟
及兩晚書
十三日晴
輪香及王楓臣來得九弟書
十四日晴夜雷雨
秦生來即赴河防局吳清卿誼卿同至孝達贈書三

篋午後容民晦若搏霄來談復九弟書

十五日夜半大雷雨

不見一客

十六日晴

與合肥言定於明日出署孝達電來云因高陽會議有

復用之機忌者下此毒手實則非毒手也求去者三次非

奉特旨何能遂此懷耶

十七日晴

辰刻至合肥齋中小坐辭行合肥贈並余濾並永詩

容氏臨若相繼來還居 水草堂

十八日晴

花農來照坐良久而去可筱卿班卿章仲璋同至臨若書來云葉志超十五日專足至安州電稱四面合圍督戰三晝夜不能支平壤城低而地倭然礮百餘俯擊城中人馬死傷糜爛又無處汲水萬不能守衛氏竟接濟傷兵援卿遲來不及求先將情形奏明等語合肥請調宋慶軍寨三十營出防義州宜卿來云已退至義州未知確否

十九日晴午後陰晚急雨一陣

晒兆騤允鬷以迴避同來午後仲彭至知以師老無功合肥褫三眼翎黃馬褂而平壤失守水師殺傷相當致遠經遠已沈燬倭軍率登岸並我之海軍不能成隊矣夜繞室不能成寐為大局怵目發其愚甚於杞人之憂天也仲彭去後曹蓋臣過談以余被誣至於下淚殊可感

二十日陰

晦若來

二十一日晴

内人還居薛瓢紫洞中室家望聚之意深也蓋從後來聞

津諸生欲遷至相留余以為不必遷

二十二日晴

仲彭來知諸軍已棄安州義州亦將不守作寄桂林書

交允襄

二十三日晴

遣允襄歸余六回里晦若來送云合肥自請嚴議蓋已

六堂云諸生皆已遷合肥方被譏議豈能於微過不遑

六時直顧鄉人金六來願再入署者志之以見諸生謀

意而已夜至延月菴

廿四日晴

回里

廿五日晴

為甘大令題其尊人甘小蒼鴻孤山補梅雙隄補柳圖三绝

因歲荒族人貧量加助恤不能久居

二十六日晴

自里赴蒼盧台居劉小蘭家九弟内兄也小蘭母存

二十七日陰

寄桂林書交津局

二十八日晴

旦蘆赴涿州訂寓々王秦庠家

二十九日晴

谷錫來

與坐客論館廷鄒、獄建鄒之冤徐亦一謂冤疏最為悚切其後大學士福錕等之議委婉曲折亦注動聽並史謂其含注文言賄內廷四萬金祈緩疏而背之忠賢大恨摘發速斬建鄒此則冤更甚於傳首九邊者觀忠賢之黨希指趨附其

獄知忠賢雖敗以傾清流設謀甚毒廷獬有意氣以取
禍非宵賄驕求緩者釋而宵驕猶慮以速晏有身在
雖將怨賄忽宵自速其禍廷獬有智計亦能不至與晏
如婦彭忠賢素昵不應投阮殺其身又託以家貲百萬以
破其家當時清流精攻廷獬而反稷忠賢以搆患以受賄坐
之吁可歎也然之罪在隸之化貞而及興祚貞固退蓋廣甯
旗而意氣豪家方自以為料東事可收效於桑榆而不知
形迹之上則黨成群不論是非而論同異也觀此足為狀李
屢功名之鑒

九月初一日晴
趙宇香来
初二日晴
由涿州回蘆台
初三日晴
得家書知合肥有辯疏余策其必不確雖多此一辯亦稍明
余之素行那允准余亦斷不入署也並聞翁叔平來津有責
備合肥語並微露主和之意東洋非西洋似無和理和則
朝鮮為日本所併勃海分其半北洋無安枕日矣

初四日晴

由盧出陳家溝放全家一轉聞初六至初十伯夫人服闋諷經

遂赴劉園宿曹蓋臣家

初五日晴

蓋臣談一日

初六日晴

仍主蓋臣家聞都中有遣王雪舫出京會同曹蓋臣勦辦

趾園陳意遊行

初七日晴

仍到蘆台

初八日晴

由蘆臺至深一宿秦氏

初九日晴

糗康生書是日回蘆

初十日晴夜有風

午後由蘆啟舟薄暮過七里海宿淮話

十一日晴

薄暮到泒水草堂内人云

硃批張佩綸獲咎甚重李鴻章何得再為剖辯仍令回籍不准在該督署中居住摺內云已經回籍未細觀也

十二日晴

蕢臣來酌定移居並託其覓一媼因侃姬已亡也

十三日陰

韜夫來

十四日陰

復買舟為漫遊計夜半登舟舟中攜杜蘇王朱四家集合之義山頗不寂寞矣

十五日晴

放舟泊虹橋

十六日晴

舟泊淮沽

十七日陰

抵蘆台

十八日晴

抵豊台不到近十年矣聞盤山道不可行悵甚

十九日晴

允襄由都至里適与相值

二十日晴

得家書聞人有疾遂由胥莊回津允襄同返

二十一日晴

由人患痢延醫治之遣王升明日回里

二十二日晴

得曹叢臣書

二十三日晴

滄先生日內人為作湯餅

二十四日晴

内人疾漸愈稍慰悶懷是夜遣襄回都耿耿不能成寐

二十五日晴

廉夫来談云九連城恐不能守合肥一籌莫展云聞

上感痛疾憂悶之至杜詩獨使至尊憂社稷諸君何以答昇

平請為當事誦之 十九日尚召見二十日未召見

二十六日晴

蕢臣来談得頌公民書又生子命名甦箕為琴生慶大京

有知當不以余為執言也

二十七日晴

檢王子安集閱之近人吴縣蔣清翊注本

二十八日晴

聞倭陷覲兵敗宋慶退至天山九連城又被襲劉聶輩均圍困可歎之至又有倭兵二千至皮子窩登岸窺大連灣旅順六處邊順亦擒為倭截奪我兵如此之怯懦殊可慨也

二十九日晴

内人疾念

裴行儉以士之致遠先器識而後文藝勃等雖有文藝而浮

躁淺露豈享爵祿之器耶後惟楊至令長史錄之以為名言然裴所賞之蘇味道模棱兩端王勮與綦連耀謀逆與弟勔伏誅勮亦非令終者殺駱丞事亦相類夫以蘇之模棱責行儉不知人彼所謂者論享爵祿與長非論人品也如勮及賓王何以判之豈賦畀即無器識職為即不令終亦有器識耶至裴乃勢利之孫論杜陵所謂亦曾身與名俱滅者也讀子安集有上裴侍郎啟有云伏見銓擢之次每以詩賦為先誠恐君侯器人於翰墨之間求材於簡牘之際果未足以采

取英秀甚為高賢者也目上表君臣黃于蕭付部即
行𢓱並裝本以文藝取士者又不壽王楊盧駱之文因
李敬元請而駮之謂人為裴所抑坎軻以終臣裴敬賢
之罪而反以為有知人鑒哉錄王何以文字干進並文
有踈恩慶及嚴旁類加語乃裴密其文而劾於上
然與無故貴卷者目異乃即以王之說反而苛劾
信以議評驕節極矣劾有周易發揮大唐千歲曆
乃學人而非僅文人又作漢書類注指瑕具有史識徒
以鬥鷄一檄為帽婁譏所逐肆之無命不矣

十月初一日晴

料理行裝

閱知止齋集元和朱綬著凡詩十二卷文八卷詞一卷綬道光辛卯舉人其詩董國華敘之其詞戈載敘之其文吳嘉淦序之曾道光間吳中名士也綬詩文均以潔自許故晚字仲潔其為人似越並歷表者任文有仲宣體弱之病詩亦未能剛健所作五人墓詩乃微貶五人持論殊庸腐送林文忠詩尤涉應酬氣小詩与詞則楚楚有致蓋吳下囿於鄉愿之說能超拔自標者罕矣

初二日陰

游藍山以辰初發浦口二十五里早飯又五十里宿蔡村

初三日陰

由蔡邨二十五里至河西務早飯行十五里許由晋莊過渡本由紅廟渡近日始改渡口十二里至香河值香河廟會各店人滿於南門內住一小店循及之至

初四日晴

由香河至邦均有兩道由黃莊為下道由洵口為上道羣以上道為易達遂達洵口二十五里洵口至新集又二十五里時已未初度不能到

邦均自新集至邦均必由桑枝由桑枝稍折而北則至段家嶺乃
且行且問十二里至桑枝日已夜矣遂覓人引導由馬房至渠頭
由渠頭至嶺上凡三易人到店已將三鼓矣不陷於淖者幾希
游山韵事而行役之勞如此

初五日晴入山後微雨
由嶺上二十里至邦均早飯由邦均入山六二十里宿天香寺住持湛
然距天城下院里許

初六日晴
登山道險不能步以兩木縛一椅四人肩之而行從峰礀中取徑

捷若猱猿由寺南過　靜寄山莊宮垣半圯望見石佛樓縣甲石
折而北至少林寺行宮已廢後有白塔又稍東北至東竺庵二西來
石甚佳僧砍售之惜庵左二行宮故址故無敢購之者稍憩西北
行歷磴道十八盤至雲罩寺登舍利塔望自來峰隆奇如尚
木訥逆有道者留午齋以杉下菌雜扁豆煮之殊有野味觀塔
頂佛牙舍利有明萬曆壬子重修銀牌牌云壬子八月貴妃鄭氏順妃李氏委漢經廠
掌壇御馬監太監盧永壽張𢪛並重修　乾隆八年嘉慶十七年均以雷震
發帑修之乃宮保方恪敏陞渥承恩任也八年牌云原碑文
佛牙一具舍利六十粒今僅存四十七粒二十三年及嘉慶再修

則未及金剎粒數今僅見五粒矣又有水晶珠一不知所來僧云藏典總祖矣出寺而下南行立紫蓋峰後望上方寺懸空在迴望行宮歷上如罘罳過桃園洞又南訪孫公墓青溝寺已鞠為淺艸望古中盤過天池稍西南歷東甘澗西甘澗過天成寺及蓮花池回宿天香石松泉泉外柿梨霜葉與松翠相絢亦壯觀也

初七日晴

游中盤萬松寺登李衛公舞劍臺臺已圮矣寺僧肅然閒辛巳之方丈文源與知客蘭坡均已退院雙峰住藏一過諸殘破

下山游天成寺，寺僧羅坡仍辛巳所文頂已白，湛雲於蓮花池相候

過李氏廢園，乃李寄雲所居，其孫李秋帆雋與雨蒼雲

觀察乃寄雲少子，希武贖回所園林，猶不足經雨倒塌耶

並陽牆康宅屋均買之，出錢邀居也，一笑。買之湛雲勸

買圓通庵廢址東西五畝，南北七畝，有柿林及雜花約二三

百株，價三百金，在中盤之下，上盤之上，余未決也

初一日晴

游黑山白岩寺，乃遼金舊刹，亦無碑可稽，或云山莊所游，余不

欲買禁而止。游光師亭訪龍亭石與仙人石王盛，以其舊址一游

由山東郡均午飯走日仍宿新集

初九日晴

過水河程文炳、威清軍渡河無底方飯於田之店小坐而行

過渡宿河西務

初十日晴

蔡邨早飯至楊村為聶軍之底借唱字營居之王姓風巳

為曹克忠潤亮之營統領以古吹何長亮接亮宿其人也

十一日晴大風

三鼓行遇風寒甚辰刻抵草堂內人自初五歸省未還晚

縣知倭寇大連灣勢將不守

十二日晴

都下遷徙紛紛人心渙散可歎得允襄書述潤師拜長詳

十三日晴

萱臣楠來詢來因入縣省知豐稍至督餉械准專索合肥甚稱之高陽所保也實亦濫竽人而已

十四日晴

臨若來

十五日晴

譙沵来留之晚飯
十六日陰
永詩来寄潤師一書
十七日晴
翰香蕢臣同至
十八日陰微雨
仲彭来聞張蔭桓以来為求和計隨員黃月汀
寶文請猶子丁憂江蘇糧道也
十九日晴

蓋臣來言所募津勝軍尚未成營甲舫帶稗不甚

皆從來文武共事往往如此

二十日陰

閱邸抄初六日常熟高陽及廣東巡撫剛毅均入樞府

當有更易政府意

二十一日雨

孫荼孫來

二十二日雨

夜半仲彭來

二十三日陰

聞顧張出政府，禮部猶在，未爲澄清。正月欲用王文韶也。邊潤師擢兩揆云。

二十四日陰大風

閱寒石詩鈔（況紹姬字香嚴）著詩學長慶劍南，集分體刊七律類，有宋竹垞陸灌成兩太史當飲宿灌成齋頭示應制諸作一首。檢竹垞集注無紹姬行實，集首有傳澤洪序云：香嚴生長素封，早負盛名，不幸遭家多難，奔走四方，今行年七十有六，老病孤窮。郎星序云：查東山稱其慎詞第一周斯盛序云過宋與香巖相見集中有周屺公詩余宋州官署詩似在宋州幕中如黃穀洲查伊璜均與之習國朝別裁選其詩九首云香巖鶴蹟淮右垂老不歸浙中詩壇亦罕數其人者仍于清江于氏得手抄一冊亟采入之其生平出處未遑詳悉述歸安亦未得其生平蹤迹也揚集有楊守知叙也參閱與歸安同時不知歸安何以未經考訂擬他日檢浙江通志修之今青蓮詞封度未及開編採訪也恨集有庚子三月老病將返錢唐作首邱計則其人似還浙中非沒於淮右者歸安未審亦未見其刊本全集耳

二十五日陰

翰香來留之午飯，飯後仲敷過談

閱百一山房詩集仁和孫補山相國著其孫古雲襲伯均所刊補山諡文靖與金鐀孫平叔先生同諡平叔深於小學其所著泰雲堂集彬彬大雅視補山為優

二十六日陰

寄袁爽秋書夜仲敷來知旅順失守

閱晚聞居士集蕭山王宗炎著湯文端之師王南陔族兄也志傳多蕭山人

二十七日陰

蕢臣來夜仲彝送電抄至合肥革職留任摘頂

二十八日陰

曹藎臣來談內人疎肴聞中樞求和甚急爲無奈何

夜微感寒徧體痠痛夢中作囈語

二十九日晴

余生日感傷身世爲之慨然蕢臣猶以來談

閱李武曾集附李分虎符香草居集

三李齊名斯年三集惜不得見武曾本名法遠分虎本名

符遠與兄繼遠齊名後乃更今名

永年中檢討涵盼常語人曰聞朱十論詩文使人心悟者李十九之可親也（朱竹垞撰武曾狀）曹秋岳賦春草詩和者徧江左謂人曰得李生作庶貴老悵一洗乎後郵寄四章定為壓卷（高層雲撰分虎墓表）

分虎春草詩佳句如第一首收處云山中曆日無由見藉尔春青識歲年第三首結句云只愛中華風候暖白羊城外不知春何有殘其中如日出樓如金粟墜煙籠真是碧琉璃文錦似織時花半落巧不相交處柳三眠一樹枝重一片織巧細無餘意曹以壓卷未喻也

十一月初一日雪

合肥出閱大沽等處營壘晦若叢臣從

初二日晴夜大風

蕢臣來伴遊六玉

初三日晴

浮橋衝斷以河將合凍斷後之力也日來親友多勸徙居

余以藏書過多恐由海道運至滬上而舉之無聊復

不能決有許多不足言遷之感

初四日陰

懿旨以瑾妃珍妃習尚浮華時有乞請降為貴人以示薄
懲而肅內政云全無倫浣一覽不成片段侏儒觀一節
張楚寶即此監工一端料其胥無邛罄虞世南
予作匠匠上匠不易作耳
初五日雪
合肥回津
初六日晴
翰香來晚蓋臣過話吹吹隨節同閱酒屋也留之晚飯去
日內人蘇省因浮橋今年始成耳

初七日晴

內人遣言為老人計請籌款多買槍礮老人頷之噫恨虖

同仇闔中翁質所見如此而合肥猶冀和議之成殊可歎

也聞倭由岫巖進余曰此欲夾攻宋軍宋軍退必扼蓋平

延引之入關矣昔孫文忠守關初守甯遠後守右屯築城

大凌河館大凌河之役工竣即為我軍所圍宋偉吳襄不相

能救敗於長山城亦被毀並非今日比也似宜進扼右屯嚴防

甯遠無用閉目守理合肥之不能從

初八日晴陰相間頗寒

安徽權粵東臬司冀九弟可迴避離五年矣

初九日晴夜大霧

聞岫巖失守木華多中以何〻張楚寶因誣以盜賣軍火旨仍南洋撑問亦不日寬也

初十日陰霧猶未散

聞張樵野將來和局殆可定矣爲之憮然

閱查蓮坡爲仁盤游日記自津過賈家口十八里至北倉日午至漢口入武清道中望楊村過大石橋名星宿橋又行三十里薄暮抵崔黃口二月三日次日東行十五里至大口屯俗名打狐也入寶坻界過雙

王寺再來至馬家莊十五里至寶坻由寶坻出此門十五里至三
岔口洵水入流處五十里至邦均楊漢兆閒作邦〻軍古以薊寶坻一日為二日程縣
則午飯邦〻軍夕宿馬家〻莊次日四十里至大田比大石橋午飯薊
暮抵津才二日耳惜游山時未得見此某迂遠勞頓矣
甚矣地理不熟即游山亦不可行也況行軍乎

十一日陰

聞即抄恭邸復入樞府凡四入矣內人蘇眉知和局仍未定倭
人驕甚而內意決欲成和聞之殆為憤惋晚蓋臣來辭赴
小棧寫菁杉挽聯云〻瀋水集長留試從里社論詩遠寄拂

析堪並駕秣陵書來答欲內墓門懸劍愧非季子負
平生並作字香書信之夜目煎茶甚美
十二日陰
晚翰香來
十三日陰
獻夫來怡庭以書若干種受除讀頗有一二小品可觀者得
樊秋書約黃臣來談因飯聞張蔭桓已回京
十四日陰
爲洪子彬題其太夫人家傳作書致樊秋明日之文署加封份

為崔東人事可厭之至夜憂從中來耿耿不寐

十五日晴

浮橋又開通凌也旋合仲彭菅居均來

閱朱稼翁六峰閣集四卷未知為足本否板已漫漶梅里詩話云六峰閣乃其少壯所作至老蕭蕭車尚未付梓稾或者竟就燼燬耶為之悵然

十六日陰

得廉生書寄回方山靜憩園一合安姪亦有書作一書復之亦未能勝

十七日雪

與內人檢點祭蘢

閩山靜居遺稿石門方董撰題靖海圖詩有序云明嘉靖閒倭寇蔓延三吳巡按胡宗憲平之士民頌其功文衡山為繪圖以傳初倭患棘總督張經以書函防禦屢敕其勢援寡徵兵俟大舉趙文華劾以養寇疏方上大捷王江涇文華據其功經竟論死余懸觀是圖者知有胡而不知張有以成之也董子謂有史識矣

十八日晴

翰香仲彭過杓來仲彭過晚飯後偕去

明史湯和傳洪武聞倭寇上海帝患之強和一行和與方鳴謙俱鳴謙國珍從子也習海事常訪以禦倭策鳴謙曰倭海上來則海上禦之耳請量地遠近置衛所陸具步兵水具戰艦則倭不得入入亦不得傅岸近海民四丁籍一以為軍戍守之可無煩客兵也帝以為然和乃度地浙東西並海設衛所城五十有九選丁壯三萬五千人築之盡發州縣錢及籍罪人貲給役役夫過望而民不能無擾浙人頗苦之或謂和曰民讟矣奈何和曰成遠算者不恤近怨任大事者不顧細謹復有讟者吾且伏劍

諭革撫成稽軍營措以五萬八千七百餘人取革閩中城工之議沿書褒諭嘉請間東南倭患叔所築沿海堡戍皆堅緻久且不圯浙人賴以自保多歌思之搗北方倭集於沿海置衛設戍仿長圍平捻法似亦可行第在得人經理耳否則役其民擾而工不堅無益也

十九日晴

晚仲甦復來云海城十七不守

二十日陰

碩廷一來得安猷書

二十日陰

石聘〻來留〻午飯久談陳兒小病夜五中煩悶不能成寐

二十二日晴

仲彝夫人來王媪病遣余媪來替黃臣至郭談李謹甫來

視渭兒疾蓋皆患喉蛾殊悶〻也肅邁藩軍情又恐後安

松書並之宮一函

二十三日晴

黃臣來內人蘇肖

嘉靖間鄭端簡曉總督漕運大江南北清惠後漕艘裝

阻曉請發帑金數十万造戰船築城堡練兵將積芻糧
中國奸民利倭賄多與通通州人顧表者尤桀黠為倭導
以故營營咨擾要害盡知官兵虛實曉懸賞捕僇
之募鹽徒驍悍者為兵頗護泰州海防副使葉丞州
城廢灣麻洋豐橋諸海口皆增兵設堠逆破倭於通
州連敗之如皋海門殺之呂泗團之狼山斬首九百俘曉
目賊多中國人言武健才謂之徒困無所逞甘心作賊非
國家廣行網羅使有出身照孫盧其間禍濟大矣洪
武間倭寇近海州縣以為皇帝威靈直謀臣宿將策畫

練兵經略數年猶未久安乃招漁丁蛋戶島人鹽徒雜

為水軍至數萬人遣使出海宣布威德久之倭收不為

患今江北郡平而風波出沒倏忽千里倭倚華人為耳

目華借倭人為爪牙非詳為區畫後患未易弭也其言

切至今日讀之猶覺洞中倭情

二十四日晴

孫表已及佐野來閱倭報我還重臣已和方宜止兵內意之動

可歎世祿無人丁葉襲於掌故刑部汝霖曹於河聶桂林之擘

問矣夜曹蕃臣有書來論祁口瑾子口形勢

二十五日陰

聞遣張蔭桓邵友濂赴日本乞和矣寄都門書並賀潤師一函

田頠廷專人往

客問於余曰和議子以爲非歟目身在廢錮不敢言客曰吾嘗同讀仲子之說矣其議宋史云靖康之世不專用李伯紀之言東都旋亡紹興之世專而不用胡邦衡之言南渡僅存其全術慶實由臣貲之南渡納幣北面稱臣蓋由畸輕兵間始見情勢知強弱之不敵故爲曲而圖存論者不察猥以和爲失計斯皆刺宋不關於以絕載昧經於目前之責哉余曰唯唯否否仲子迂儒也其論金章宗南

遷謂不問其所以待敵者何如而以和為可恃豈當古國全不南遷
遷不再至甚又以和而遷為目計者不知平日不備戰備倉卒而非
和不足圖存此謀國者之罪無戰備之和之所難於持久又恃遷都
為苟安冠蓋往來得此論蓋於乾嘉間有為女之歎矣

二十六日晴冬至

晦若、厰夫均來兩見見愈明牛莊不守宋軍退田山莊

二十七日陰

孫小雲佑軒蹀里午後內人入署

二十八日晴

感寒小病

閱楊氏全書江陰楊文定公名時撰文定作直隸學政時坐王李文貞公作撫或讒公與巡撫比而招權利又適有武生驁躍事遂命出防南河十年始召及督滇李敏達為鹽道布政使恃恩眷氣凌其上公裁抑之遂陰齮公坐定斬監候不罪猶加恩寬免留滇七年清苦絕塵日或不能舉火至乾隆初召入文定康熙辛未進士也余前以馬江獲咎陳子良謂似林文忠而文忠敏巧余悚謝不敢當今寇介肥所以干預公事坐誣亦與文定事微近詳不能追蹤先臣萬一而居易俟命閱前人所遇不覺憂然

於命之理微旨卒未真有標運例應磨帽隨宦耶

二十九日陰夜雨

是日病甚坐後河水轉洋當雪而雨皆異常也

三十日陰大風

病愈兩兒侍坐詢以所好淪濤謙學之入骨陳堅云好理學書記之

王所言正如未知信不枯紬其志以明儒學業授之

明史鄭洛傳三娘子佐俺答主貢市諸部皆受其約束及辛愛襲

封年老且病欲妻三娘子三娘子不從率衆西走辛愛自追之貢市

大不至洛計三娘子別有兵則辛愛雖王無益乃使人語三娘子曰夫人能

誅王不快恩寵若削職塞上一婦人耳二嫁于睢命辛愛更名乞慶哈貢市唯謹乞慶哈死子撦力克當襲三娘子不從別居復請撦力克曰夫人三世誅順必能與王匹則王不失一封則有二主撦力克盡逐諸妾以妻三娘子洛以百夫總督尊一婦人爲逆倫共謂之事以保貢市之局可謂極矣其後撦力克卒有洮河之役卒爲言者劾罷旅在星軺其與東利臨敵之事並論之所以不顧禮義而出此下策者不過爲貢市計耳之貢市終爲干戈其亦可以悟矣

十二月初一日晴

洪翰香以病初愈尚避風未之見也得都門復書

明史黄正賓歙人以注文言獄詞連及坐贓千金遣戍大同崇正初元起故官時魏黨徐大化楊維垣已罷官猶潛居輦下交通奄寺正賓抗疏發其奸勒二人歸田里帝以疏中有潛通宦寺語令指名正賓以趙倫王化龍對帝以其妄斥回籍劾人令回籍而即以回籍斥之處分甚妙遣戍而又回籍者只此一人然正賓所重視係為勝矣正賓以貲郎思樹奇節推以力詆長洲斥為民李三才顧憲成咸與游之雖而真道學人不濟初志目懼悔如也

初二日晴風沙

內人還余病又愈能閱書矣

初三日晴

喉微痛

初四日陰

獻夫來知劉峴莊派欽差大臣要維峻以上疏逮治

離間華職遣戍云

初五日陰

喉痛稍退未

孫高陽蹈將吏匿關内無能轉其畏敵之心以畏法代其
謀利之智以謀敵此兩語古今通病文忠字稚繩
初六日晴
僮奴張林去以余將南行堅不願隨也可哭今日喉疾愈惟口尚
作渴耳
初七日陰
蕢臣來
初八日晴
寄都门書

初九日晴
仲彭來談
初十日晴夜月色甚佳
得琴友書
十一日晴
穉〻來同午飯
十二日晴
內姪女隨園姪來去秋久不見矣良思之
十三日晴有風

孫小雲佐軒弟均至買祭田百十二畝午後約秦生來談

十四日晴

得安圃書

十五日晴

洪稻孫李蕡臣先後來午後臨若過談知倭人又攻蓋平六日議和之使張蔭桓等到津也蓋自有洋務以來未有倉皇畏葸若此者

十六日晴

聞蓋平失守僅嵩武分統楊壽山陣亡云於是四衛盡失

矣小雲佑軒四里

十七日晴

瑄卿來談所持皆蘇人議論閩龢慶傳直未見明文不知確否豕慶識要章高元徐邦道均蔚識以蓋平之敗也聞倭軍數百游奕貴口我師僉集矣奈何奈何清卿來津聞左子異以五營駐錦州並無槍械劉峴帥尚趑趄于都門亦無趣之出者倭俯不支械亦並不當而內意急和隨墮其術中外則欽差督臣及統兵大員無一以禦倭自任者為外紀憂何益哉

十八日晴

致藎臣一函

十九日晴

昨夜感寒洞瀉十四次並作歐吐

二十日晴

悶甚招孟猷來半日

二十一日晴大風

病稍稍愈以風大未延醫也

二十二日晴風止

稍進飲食補完桂林書寄都 閱衛鎮廿一葉而

二十三日晴

内人蹺肴秦生來談日豨徹回

偶檢涑水記聞一則云姝禮為余言王德用在定州殺廷讓兵屯定州者六万逆旅及民家喧閧殆滿無人敢暴横者德以倉米撫德用撫之而定之云云余謂此誤說也兵六六万不使之於城外設給列屯而散處於逆旅民家即不暴横商閧閱已甚矣溫公乃信其說而筆之所見如此宜其不能經畫西夏也蓋宋人之見耳

偶得明拓于大猷碑大猷志當孫碑作褚河南體

二十四日晴

得廉生書安圖書閣依長兩將軍收復海城及析木城

序卦傳曰窮大者必失其居故受之以旅旅而無所容故受之以

巽余境似之易道真有憂患者之言也

二十五日晴

午後仲彭逆来

項安世周易玩辭後序云項公昔忤權臣擯斥十年杜門卻

掃足迹不出戶限直齋解題亦稱其慶元中謫居杜門潛心

延居不出一意送迎賓友來嘗譏閑余適似之而賓友亦不來尤相宜也

二十六日晴

洪翰香黃秦生均來蓋平之役宋降二級苗任二章徐均革職留任罰亦輕矣聞倭船來圍威海有自榮成登岸之說

二十七日晴

約賀臣來談

二十八日晴

得曹蓋臣書復之

二十九日晴

晚獻夫來聞王文韶派幫辦北洋大臣

上之親合肥孫氏處此地位誠亦進退維谷也夜伯平蓉生過談

三鼓始散

偶得沈歸愚集閱之歸愚以諸生困場屋六十二舉鴻博不

遇六十六七連捷成進士七十一大考二等第五一年之中由中允至

侍講學士蓋 高宗憐其晚達驟用之以償其屈蓄也壽

至九十七晉尚書宮傅極詞人之榮遇洵與於人瑞矣然

余之少踐清班中遭坎坷已歸愚學識不第尺我才時

閱之覽以地益曠甚惰甚也

又閱長文襄年譜文襄以平張格爾封二等威勇公並其在陝甘總督任以在京撫任共察屬員移借養廉辦羨費往伊犁旋由科布多參贊烏里雅蘇台參贊以撫豫撫再任陝甘以查參教匪擒虜賊仗旋改授伊犁參贊其辦張格爾也先賞紫韁旋以疏縱褫之先賞雙眼花翎旋改單眼公元惡就擒始賞還雙眼翎紫韁以有糜費不換三眼花翎繼因四團龍補服之賜以正由二等公晉封一等時文襄已七十一矣仰見

宣宗馭將之術權恩威不測而人臣處崇高之境當援據之時惟當置禍福榮辱於度外一意圖功塞責以求不負之介意耳

三十日晴

晨起杰姪來依依有情頗解煩悶午後內人小孫暨仲彭之女均至內人旋赴蘇歲暮生亦至略話合算八月以後運否極矣試藉此略者離局未始非福正當斂以承之靜以待之不宜稍涉憤激處傷以負天之玉女也

以賤身得儼山集明陸深撰內止有其文集不意中得此一快

明史稱深少與徐禎卿相切劘為文章有名工書仿李邕趙
孟頫賞鑒博雅為詞臣冠然頗倨傲人以此少之提要以正
嘉之間七子之派盛行而深獨以和平典雅為宗不失故步
可謂有守按集中有致嚴介溪閣老書有老妻特念篤
夫人不置又命禎兒託本積光轉達之間有與介谿倡和
之作按崔銑洹詞中有鈐山堂集序因痛銑序作於嵩
作宗伯時而深意以推嵩太甚此尤難曲諱辭萬於嵩
同年頗相倡酬及嵩當國蓋與嵩絕往還則其精從
邊貢以送嵩之作壓卷論者以此優劣之如文衡之俳

傲乃小小疵政處則不免自矜之誤耳題跋中篤好顏老六

不便法帖源派也

蘭駢館日記 乙未一

正月初一日晴晚風霾

祀祖迎神儉不廢禮正刻仲彭暨杰燕能拉婦来循鄉俗共喫水角茶蛋水角北風茶蛋南風也秦生来

閱盤洲集洪文惠适撰有題跋數則攷證溫太雅張平高名字相涵之故甚詳碣止以南北史訂唐書宰相世系可為讀唐書法忠宣忠義之報之洪名滿天下願文惠及弟文安均董潘愨退潘龍相文惠草制無譏責語飛公武勳之文安亦以草制無貶詞汪澈言之提舉太平興國宮文學館優與文敏

奉使辱命終愧忠宣堂構云

初二日晴風止

秦生費臣均來午後約承詩以興伯平傳光女姻託承詩与秦生作冰人也

盤洲有重編唐登科記序云藝文志者錄姚康崔氏李奕三家二十三卷會要載鄭氏上宣宗者十三卷崇文總目有樂史脩定者四十卷今多亡矣予家藏崔氏書貞元中校書郎趙傪為之序大氏顯載進士續之者自元和方列制科記周顯德乃止又從毗陵錢伸氏得一編起武德盡大和頗兼制科而十遺五

六嘗考會要續通典補正之據唐人集增入宋間及按中秘書
六目之編冠以趙序與舊藏明因而序次又不相類蓋後人損益
損於崔舊世所傳唐諸題名進士存者鮮焉獨長慶一年
本闕以證諸本皆異唐去今不二百年而數家之書矛盾若
此先是宦遊自翔之庭日昭文館姚康書前五卷最詳盡而
亡其十一卷所載高祖太宗兩朝進秀甲乙總二百六十三人證氏
本乃九人而已始令所輯一以姚氏為正天寶以後則三本合一至
其後先乖次不可悉雜為十有五卷五文忠又有太宗登科記
自建隆庚申至紹興庚辰為二十一卷今兩書均佚徐星伯有唐五代

乙未

二

豐潤張氏澗

登科記歲補叢書刻之不及余所藏抄本之完備暇日當詳
考之
初三日晴
午後梅若翰香同來
初四日晴
晚曹蓋臣自小棧來
初五日晴夜微雪
合肥生日因入睦祝數肝睦十一月廿七睦月廿三與此而三矣
楊悅為人涑水記詞極貶之而得家集有送楊太祝悅知長洲

縣五律一首云三吳佳縣首民柳舊歐〻專用清談治知非俗吏
爲林疎丹稿迴稻熟日苦欽宜使民無忘嚴修太伯祠所以
期許之者甚至恍作管子之序及余有見輒錄之
子瞻有賈生論不知溫公亦有此論以賈生爲學不純正其
言曰治天下之具孰先於禮義安天下之本孰先於嗣君賈生以
禮義儲嗣列之於後以爲餘事頗切〻以列國外夷之爲慮
暗痛泣之可謂悖本末之序誤緩急之宜謂之知治體何哉
論作於慶曆三年知非爲荊舒發以論賈生余惟推其論
淮南諸子過刻孔義諭教外夷內分並重似不能以此責其

不正宗戒用兵溫公學術宜其不憙賈生也

初六日陰夜大風又雪

請冰詩秦生為媒妁聘伯平前輩次女為志濱婦年十六矣

辰刻禮成巳刻伯平來談

初七日雪止晴寒

聞威海南岸龍廟嘴礮台不守作安圃及都寓書仲彭來

閱周書王思政傳思政守潁川齊文襄堰洧水攻之思政率左右

據土山欲自刎先是齊文襄告城中人有能生致王大將軍者封

侯若有損傷左右皆從大戮都督駱訓等固共止之不得引決

文襄遣趙彥深執手申意引見文襄辭氣㥦慨無撓屈之容及齊受禪以為都官尚書史臣以為雖運窮事蹙誠陷身囚壯志高風足奮百世噫文襄以虛禮奪思政之節而其督將分禁諸州地罕數年皆死思政醜類苟活更受齊官史乃以為壯志高風豈則于禁降蜀六官無識乎思政之子周書作秉北史作康蔽云康況穀有度量為周文所親信思政陷後以困水城陷非戰之罪增邑三千五百戶以龍襲爵太原郡公有弟揆亦進爵為公揆弟利封侯利弟恭恭弟幼封伯康姊封縣君康兄元遜亦陷封其子景

縣侯周書略之若以康入隋故隋書亦無傳也周不罪忠

政臣寬於降將之後剖珪錫爵如此優隆而忠政反面

事仇初無愧恥史乃以其家無蓄積極意襃揚使南

董執筆當不如是

初八日晴

花農過談午後仲彭又至得都寓書

初九日陰

翰香梅若均來秦生亦至聞威海北岸亦失戴宗騫遁

周書於諸臣列傳皆敘及其子孫而長孫紹遠傳不及其子

覽長孫晃傳不及其子熾晟豈以隋書已成故略之抑以長孫氏方貴故不敢涉筆耶顧宋本不可得此本或有遺脫放

初十日立春陰

閱聶緝槼督奉諭回直旋因倭犯摩天嶺中止得蓋臣書言軍械略可敷用

僕輩捆載書籠偶拈一冊乃僧無住谷響集也有擬塞上曲二首云金笳卅月夜將分萬馬群嘶徹陣雲戍卒半成邊地土麒麟閣上画將軍漠漠黃雲關塞秋邊人

八月擁貂裘偶來飲馬長城下沙底泉清見髑髏之急一將功成萬骨枯識堪嗟歎若今之萬骨已枯而將不成功者尤堪痛恨矣小人已化蟲沙君子不為猿鶴將者之何養

桂元特詩條多與仇山村倡酬之作詩惟近體未有詩餘一卷元詩選以宋子虛寄無任詩由妙唐風在以望漢月明可以評定其詩又以其論詩有與雅頌成唐句法嚴高家終有宋人風謂可知其格調所由來余責其論詩無蘇黃之氣蓋得力於武功四靈者

十一日晴

得都門及潤卿臘月廿五日書黃臣陪吳少蓮來吳知縣爲內人診脈午後獻夫來時已放江西糧道聞係推使臣議叙本日將由長崎言返所謂自取其辱也 吳名貴毓嘉興附生

閱周書儒林傳僅盧誕盧光沈重樊深熊安生樂遜六人沈有周禮義儀禮義禮記義毛詩義喪服經義周禮儀禮禮記音毛詩音樊有孝經喪服問疑七經異同說義綱略論月錄熊有周禮禮記孝經義疏樂有孝經論語毛詩左氏春秋序論春秋序義通貫服說發杜氏違刺之儒林可也盧誕雖博學有詞采而無著述光精於三禮善陰

陽鮮鍾律而所扶僅傳道法經章句且性嚴佛道至隨閑
太祖所稱獨見山上桑門耳而立寺棄儒從釋何足稱武士
林乃襃並居傳首業其實徒以誕為魏諸王師光為閑
高祖師耳並則師傳那大儒乎史氏失之

十二日晴

仲彭來談

袁簡齋于忠肅廟碑以諫易儲無關輕重最為直捷痛快蓋
英宗本不宜復辟即沂王本不宜為太子也昨閱劉鳳誥存悔
齋集題忠肅畫像後謂明史景泰八年正月丁丑帝疾病宿

南郊齋宮臣卯羣臣請建太子不聽碑曰正月丁丑景皇帝不豫
公同廷臣上章乞復皇儲未報公上疏復儲月日不出乎此定時
憲宗在位獨不許論廢立事蓋先年已覩及公疏削追卹
復其子官可以明其志也附錄阮文達題後謂邵學士晉
涵嘗見明景泰間通政司舊冊署某月日于某一本為太
子事惜其年月未被記憶文字漫抄謂憲宗于忠肅襃
卹有加實為見手疏之故業師親見舊冊何由錄其全
文乃為此闕牒之語殊為可怪此豈足以破千古之疑案
之忠肅之冤亦不藉有此一疏與否也

十二日陰

賁臣陪吳茂才來診內人病翰香亦至

閱明史戚繼光傳繼光以都督同知總理薊州昌平保定三鎮練兵事上疏言薊門之兵雖多亦少其原有七營軍不習戎事而好末技壯者役將門老弱僅充伍一也邊塞逶迤絕鮮郵置使客絡繹日事將迎參游為驛使營壘皆傳舍二也寇至則調遣無法遠道赴期卒斃馬僵三也守塞之卒約束不明行伍不整四也臨陣馬軍不用馬而用步五也家丁盛而軍心離六也乘障卒不擇衝緩備多力分七也

七害不除邊備曷修而又有士卒不練之害六雖練無益之弊四何謂不練夫邊所藉惟兵兵所藉惟將今惡歲歸令不足服其心分數形名不足齊其力緩急難使一也有大寇不能用二也棄之者不練三也諸鎮入衛之兵種非統屬漫無紀律四也班軍民兵數盈四万人各一心五也練兵之要在先練將今注意武科多方保舉似矣但所選將之事非練將之道六也何謂雖練無益六一營之平為礮手者常十不知兵法五兵迭用當長以衛短短以救長一也三軍之士各專其藝金鼓旗幟何所不蓄今皆置其不用二也弓矢之力不

強桂寇而欲籍以制勝三也教練之法自有正明美觀則不實用實用則不美觀而今悉無其實四也臣又聞兵形象水〻因地而制流兵因地而制勝薊之地有三平原廣陌內地百里以南之形也半險半易近邊之形也山谷仄隘林薄蓊翳邊外之形也寇入平原利車戰在近邊利馬戰在邊外利步戰三者迭用乃可制勝今邊兵惟習馬耳未嫻山戰林戰谷戰之道也惟浙兵能之願更予臣浙東殺手礮手各三千再募西北壯士足馬軍五枝步軍十枝聽臣訓練軍中所需隨宜取給將當國者右戚遜命

繼光鎮守薊州永平山海諸處薊門軍容遂爲諸邊冠今畿東空虛甚於明時而明惟防邊今兼防海事更棘於嘉靖也

十四日陰

聞劉公島失守海軍盡沒於是登旅門户盡爲倭據矣

高陽憤聞合肥自請嚴處未知　中旨若何得允言書春

屢擬十九出都

閱譚綸傳綸總督薊遼保定軍務疏言薊昌卒不滿十万

而老弱居半分屬諸將散二千里間敵聚攻我分守眾寡

蹤節不作鼓言者亟請練兵並四難不去兵終不可練夫敵之
長騎非募三万人習車戰不足制敵三万人月餉歲五十四万
此一難也燕趙之士銳氣盡於防邊非募吳越習戰卒
万二千人雜教之事必無成議者以為不可信此二難也軍事
尚嚴燕趙士驕驟見軍法必大驚駭且去京師近流言易
生徒令忠智之士掣肘屢功更讓他匙此三難也我兵素
未當敵戰而勝之彼不心服能再破乃終身創而忌嫉易
生狹再舉禍已先至此四難也以今之計請調薊鎮真定
大名井陘及督撫標兵三万分為三營而授繼光以總理練

兵之職指出如所請編相度邊隘分薊鎮為十二路三營
東路建昌備燕河以東中路三屯備馬蘭松太西路石匣
備曹牆古石此疏上而戚益得謀防邊之論也論字下
理宜黃人

十五日陰

廷一翰香均至午後仲彭夫人暨其兒女來
戚傳云諸督撫如譚綸劉應節梁夢龍輩咸與善動無
掣肘譚襄敏傳則云巡撫劉應節異議應節傳中本載
所議若何殆江陵諭解後形迹已化矣應節官撫時嘗以

永平西明抵海口距天津僅五百里請募民赴天津領運開
運官出河部議以漕平官陸改從山東河南糧十万石儲
津令永平官民自運及代募敵作營疏言以兵二十餘万復
大寧万年之利集二十万分屯列戍百年之利不然則遼左客
兵十七万訓練有成不藉鄰鎮六月前者安計内新軍補主
兵舊額十二万與客兵當休不得已之計移恢廓而卒不行
校譯載則似不切也應节字子和浙江人觀此則明季之
邊餉病國耗民為已甚矣

十六日晴

鞠耦眛省孫恭豫來

十七日陰微雨

延吳生診脈蕢臣同來蔡藕林亦至聞劉公島未失船尚存

四艘並雷艇及六鎮全沉矣遣滄見回里掃墓晚仲彭來

閱書賀若敦傳敦孤軍深入湘州俄而霖雨不已秋水汎溢陳

人濟師江路遂斷糧援既絕恐侯瑱等知其糧少於營內多

為土聚覆之以米集諸軍若欲給糧者因召側近居民若

有訪問令於營外遙見隨即遣之瑱等聞之良以為實

相持歲餘瑱等不能制借船送敦渡江晉公護以敦失地

無功除名為民北史亦並投敗至湘州々苦糧絕嗣未聞周遣

援師而軍次湘羅民廢農業何以能相持歲餘不憂飢

潰並則前所為糧絕及本傳裝船設伏及牽馬著船兩

軍皆敗誰家以自掩其失地敗軍之咎耳平以民怨詐敗

禍敗亦不善處敗矣

十八日陰

以雲佐軒来為覓王姓叔侄兄弟三人以供驅使皆近郴人也

曰動曰勑曰青兒

十九日陰

于卅堂石影

翰香來談佐軒云承遵兩屬能放鳥槍者可得二三萬人擡槍嵌鎮斂之亦可得數千桿並有聶姓係南人占籍於吾邑者能改擡槍為後膛如聶之傚邑中約有三五人云惟團練不如法富戶承大擾之後均不願捐以練兵有名無實也練者均託余任此事余以此益不敢言蘇盦鄉團之意不能不任而 君父之命不敢不遵謀西鄰耳夜仲彭來滄兒自里蘇遣佐軒小雲回

二十日雪夜大風

署中送 寄諭來合肥賞還翎頂黃馬褂開復革職

留任廣分授為頭等全權大臣與日本議和王文韶署
直督北洋大臣電中有人疏着合肥殊坦然不以為危留閣
泰來商酌南行事宜黃醫同吳士來診母之脈言以病
晐痛亦深堂方
單騎見回紇共傳為郭令威望所致然回紇特為僕固懷恩
所誘本無戰志故得以開誠布公講信脩睦此不可狃也其後
吐蕃尚結贊之於唐德宗即有平涼劫盟之變其言曰唐之良
將李晟馬燧渾瑊而已當以計去之乃入鳳翔境內無所俘掠
以兵二萬直抵城下曰李令公召我來上亦忘日以功名會吐蕃離

間張延賞等騰謗於朝無所不至至於表請為僧尚結贊
復因馬燧求和上以邢君牙代晟謂大臣既與吐蕃有怨不可
復之鳳翔而遣渾瑊、與吐蕃盟於清水晟深戒之以盟所
宜備不可不嚴延賞以我有疑彼之形則彼亦疑我譖之
上召、瑊戒以推誠待虜勿自為猜貳及盟駱元光伏兵營
西韓游瓌亦遣五百騎伏於其側吐蕃伏精騎數萬於壇
西游騎貫穿唐軍出入無禁瑊入幕易禮服虜伐鼓
三聲大譟而至殺宋奉朝等於幕中瑊偶得他騎遁去
是役也晟知其詐柳渾書生亦知其詐而張延賞輩以忌

最故不信其言致譚侍中裴頊於死辱國甚矣哉秋材
狼夫豈信誓可結乎在金之於宋要宰相即宰相要親王
即親王時金師已迫汴都而徽欽闇主何㮚輩皆庸臣國無
足論甚矣使事之不宜如也

二十一日陰

劉獻夫願述一洪翰香同來連日狂風冰未能遽解殊悶
人也聞丁汝昌劉步蟾均死劉公島已不守夜黃君饒肴四
巍來話行事殊有別意

二十二日陰

晦若來談將隨合肥入都也吳西白寄柳堂攜雪集

二十三日陰大風

貫臣翰香來聞合肥二十五日入都

二十四日晴

黻丞來是日出入睞着送行殊難為懷夜半始還陳席宋

自遵化至

二十五日大風沙晴

晦若來話別與之同行至浦口送合肥少談而返睞寓

巳戌正寢

二十六日晴

得伯平書仲彭來聞九弟患偏作書詢之

二十七日陰

延吳少蓮來為内人診脈午間黄臣同至夜少蓮自來

二十八日雪

翰香為約少蓮同行獻夫來談午後少蓮來診

二十九日雪

少蓮又來診得九弟除夕前一日書云齒病因循憒甚步伐

偏尚未肯辭爵善也

三十日晴

賚臣來夜仲彭過談示合肥電知倭欲甚奢各國助勸不能用力請幫辦不允聞濟甯以下無水閒甚

二月初一日晴

寄都門書附安圖一紙壬夫西日一紙少蓮來

初二日晴

探聞由濟至浦以業攔故無水非改道必須陸行殊難決計何命之窮也賚臣秦生均來連日雖不廢書而心緒紛如殊無所得

初三日陰夜雪

少蓮來以道中水程迂遠告夜仲彭奎示合肥書知

長春迹和尚未得見也

薛史久湮乾隆間自永樂大典輯出又補以元龜通鑑諸書首尾略具極要謂其文雖不及歐陽而事蹟較備余謂歐公毅然擬於左氏蓋歐非重書法往往因文略事耳周臣僅王朴鄭仁誨扈載三人未免太拘既不敢錄馮道而王溥范質魏又仕宋室遂以所取太隘一朝文治武功竟不得其要領薛史則後此之雜與王朴同傳者楊凝式蕭愿盧損王仁裕裴羽段

希堯、司徒詡、邊蔚、王敏及居正、文仁通凡十人，勲望与朴相捷。並論。若居正輩為其文擬文，俱以自重可也，何至猥雜若此。張館臣以意次第之矣。嘗思五代各辟，惟周世宗英毅有為，又幸契丹之不武，國不至道邪。趙之太祖、太宗合為一人，亦不足望其項背，乃陳橋謀變，既以顛陸七年後，其嗣居降元之歸而受禪之後，舊不同於壘，唐之於義祖、隆世宗以別祀之禮可也。漲薄擬輯世宗一朝為本紀，而以其時將相為傳，以存其南北征討之略，至以上檢李、劉諸辟下，補隆平兩朝。馮道云：陛下能如唐太宗矣。噫，無太宗之福壽天

危〻也至枉才則居第矣

初四日陰

左聘之王楓臣來午後仲彭過夫人過商行事頗有解淙意

雨廬有風

初五日晴夜大風

翰香午來暮坐夜至時閒話也

初六日陰有風

夜李搏霄來

初七日晴

苗開泰帶護隊來見

初八日晴

翰香來

初九日晴

菁臣來話

初十日晴

合肥約至浦口一見仲藍陪往午後襆被宿浦口

十一日晴

巳刻合肥至浦口相見午飯後縣菁臣來晦若亦至稍去

送行

十二日晴

内人隷者河冰已泮而楊柳青一帶尚未全開閒去晚聶提督士成来黄臣將介運自書箱衣箱均陸續發交招商棧房

十三日晴

仲彭来送行

十四日雪

聞宋軍大敗伯行自南来随合肥赴倭者

十五日晴

河冰全解以輪及各船均備可以行矣内人暨眷貴臣輔垣

廷一至崔琴友自南來得允言書知寧府夫人及姪孫等均

抵清江浦將寄居揚州以待安圖

十六日雪

獻夫來送午後仲彭至三偶共登舟與仲彭夫人之舟同泊者

左馬頭仲彭夜話三鼓始散去貴臣送至舟中與兒輩

同宿

十七日晨陰午後雪風甚大

辰刻放舟午刻至楊柳青逆風作雪費已返仲鼇夫人舟
發漏不能行遂泊偉郎留余舟中是日行四十里得晦若
書云送合肥於後遁居山寺月餘晦若本擬赴東洋恐
亦定計姑入都爲公閣諸君所動也
十八日大風雪
因仲夫人易舟仍泊楊柳青河又合冰
十九日大風午後晴
夜仲鼇來以洋學生麥信堅至因偉郎患炸腮恐是外
證也聞合肥已於巳刻出洋

二十日晴有風

冰尚未解午刻仲彭回津仲夫人來內人舟余因編歷黃寺田仲彭處館師名程耕戊子舉人應霍山人吳少蓮名冊薄暮始返

二十一日晴

小三小二均感冒午後至少蓮處略談河仍未泮仲彭遣鄒琳送水菜果有書復之

二十二日晴

晨起冰猶曀曀午後南來二百餘船共推之凍解徑州運械舟与輪舟爭道武弁溫如瑛之見喝令劣勇陳與子義

王振興持刀斫人求勇受傷慈航管駕許復昌方始解使民毋遭之則忍氣吞聲而去耳官差之橫如此可歎也由鮎魚嘴開行至小沙窩大楊柳青十八里矣嘴距青三里僅行十五里也偉侯病漸瘉其弟妹則瘥矣也

二十三日晴

寅正鼓輪二十二里至獨流出天津畍二十里至靜海縣小泊辰正少蓮為偉郎診時巳午正及買藥業已未初矣複行五十里泊唐官屯共行九十二里以上風逆兩輪各拖三舟也沿途無所見惟距靜海廿五里之陳官屯以及東釣臺之張官屯高官屯一帶

稍有果木並麥畦猶遠柳岸不春殊不足以擴眼界耳

二十四日陰晴相間

寅正鼓輪十八里柳河里許至馬場出靜海界四十里至青縣又四十里至興濟明廢縣也宋之范橋鎮大觀初置縣酉初維舟少選來芳偉郎診連日風仍逆共行九十八里夜將與夫小舟撤去德州王佐修遣使來候

二十五日晴

晨起展輪十里至覺樓出青入滄四里吴家嘴四里花園五里劉家院五里大園一里嚴城六里王皇廟一里滄州時巳午

矣以韓郎延吳少蓮及麥作之信堅診治稍稍數刻復行

二十七里泊苗佛寺州六里至閘流八里張家山崖四里腳底九里至寺共行六十三里

遣人回瀘取藥並命王廷棟由甎河遵陸存注尚爲小住

計以佛頭外證難即痊可也

二十六日晴大逆風

苗佛寺行九里至甎河十二里白楊橋六里馮家口宋瀘州所泊村

河東屬甎皮河西屬安河又六里劍池八里小蘇家灣四里大蘇

家灣距甎皮縣十五里又四里至尹家園風大不能行小泊停刻

余舟房艙見水樓樓良久蓋相隨無徑事健僕也薄暮復

行八里泊薛家埝圈埝皆屬交河以河東無村落也竭一日之
力僅行五十七里可笑

二十六日晴風仍逆

自薛家埝五里至逆流十九里至泊頭鎮交河之新橋驛也河西屬
交河東仍屬南皮八里至朱家圈四里逆河〻蔣故南皮舊逆河亭是
也八里下口十里油坊十里東光小泊逆醫宮方入市買菜復行十五里至
十五里口泊共行五十九里

二十八日晴

黎明驟行廿五里至連鎮僧邸殲李開芳於此入吳橋畛所謂

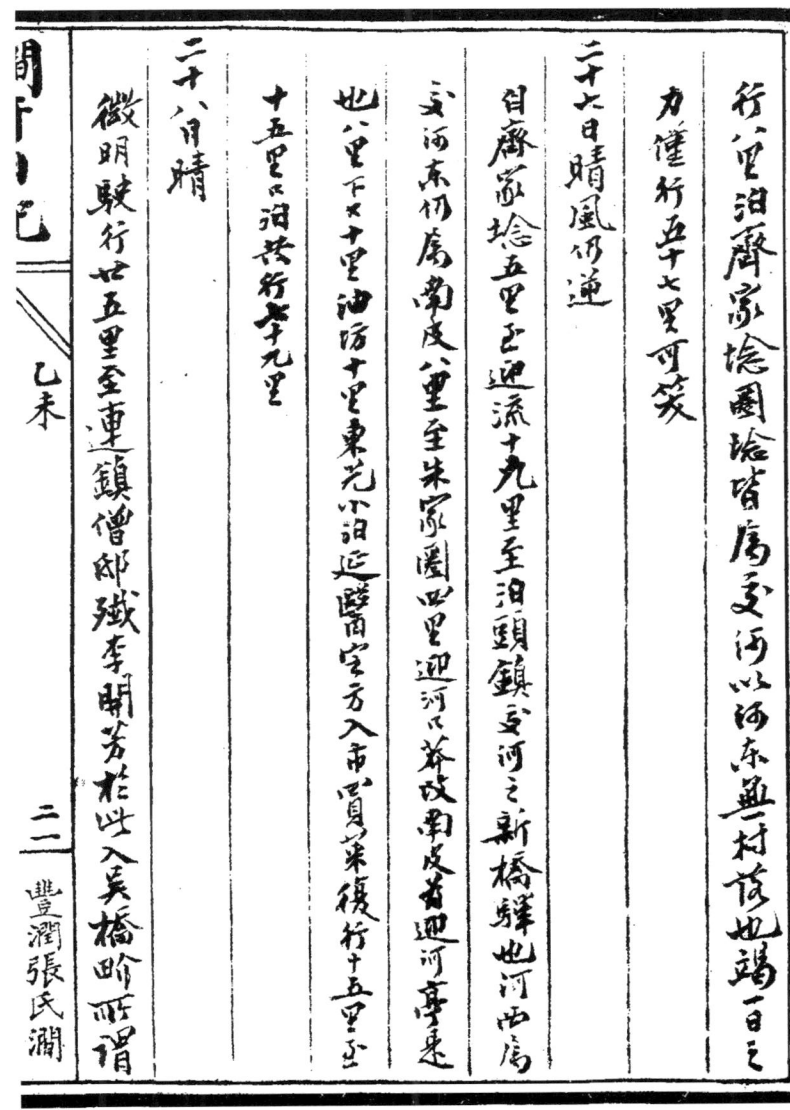

連萬驛也又十五里至上十五里口又五里曰范家圖出吳橋昕河
東德州河西景州二十里至安陵小泊水經大河故瀆經脩縣故
城東又北逕安陵縣西鄉注以為安陵鄉是也唐武德四年置
縣旋廢屬德州以為景州界延袤生為小三診視風勢轉西
北急放舟十二里至華家口十八里至桑園即梧園鎮也出鄉
入齊十八里至高官場為德州屬是日共行一百十二里從此遼
地他邦不知何日言旋鄉國為之憮然久之
二十九日丙
晨赴偉郎藤洪由高官場關行十八里老君堂十八里白草窪十五

里外關三里至陳家方午刻也留朗齋於河干借一屋略葺之擬明日登陸晤轉運局委員大名縣陳忠儀字孟威句山後人与雯聲同年同寀爲其族姪糧道恩叔涵壻 知州王筱珊 依修來均使人都之恩乃西宗舊僚王則虞午同譜也 王楞名爍 修 安徽英山人 丁丑進士 聞議停戰而行清卿撤去幫辦來京陛見部議

五月初一日雨

孟威爲借德成糧店暫憩 店在北倉故典肆也 店爲梓遊擊李大勇所設 營武蔭部 運局幫辦 午後孟威來商定由山路行遣名舟回津作仲彭菁園兩書又慈航

初二日晴

王筱珊同年恩叔涵體儲先後至叔涵頗講由書籍久坐長談頗能理麈尾王則奘史耳晚李得君送稟來云大沽北唐已有倭船游奕為脅和計在山誠不可清卿未知下落所部均潰散矣

初三日晴

孟威來料理陸行

初四日晴

辰初由陸路行至黃河崖午飯由濮至曲陸店宿共行五十里由陸步

饒東關約十四五里至張六十里而近晚發白仲彭電廿八日倭陰遣刺客以槍傷儀
叟左顴其蹈來欽黃補之撒閩之憤恨刎儀譲電云雖傷不
礙仍議停戰津眷如來日可緩云云何其昧謬如此

初五日晴

辰正二刻行二十五里在平原縣東關午飯又十八里宿平原二十里鋪
櫃紀程單由陵至平原三十里至鋪廿里共五十里已近今日仍走半站以雞豬昨歐吐不敢饕
程由陵至此均平原界代理縣寶祇王之軺乃王閏芳祖裱
同族

初六日晴

晨起得黃臣書由陳孟威寄來內附庚世兄一緘黃臣又有電知王福已抵上海可喜孟威書云傅相如夫人已由津南來辰正三刻起行二十五里李家嵒小駐茶尖又三十里宿禹城橋〻距縣西僅四里知縣海州楊學淵字海峰專人回德州與巡捕倪芳帖同合肥師叔籍李莊甚敬絜澎湖不守請缺改陸調為華留即赴湘任去

初七日陰申刻微雨一陣旋止

辰正啓行四里過禹城縣又十一里曰戚家橋又十里曰蒙莊又二十五里曰晏城此非正道以流漳改途耳志以為平仲采邑今為馬

驛底甚僻狹州之午飯或傳湘軍之警遇境歇宿晏城余
以為不必慮遂又行二十五里宿齊河縣底皆為湘軍所占知
縣王祝蘐大令為借督捕書院作廨祝蘐名敬勳號
林竹郎之少子也是日共行七十五里作復仲彭電及一書
達王國桂赴湖南交李子木觀察寄都

初八日晴

出東門渡河行長堤歷不符水豐齊鎮至杜家廠距縣僅
廿五里而新築長堤宛延曲折昔由南達行今由東猶而西南
約卅五里過一山詢之土人名曰峨眉山疑即不符山是桂水經注者

方輿紀要云一名方山豐齊為漢茌縣唐天寶改曰豐齊元和十五年併入長清五代時置豐齊驛梁敬翔編年錄驛在濟州東南三十里即此鎮北二里即銚河故城云原距鎮六三里許過河皆長清境途遇黃本富所募富字營頗横

初九日晴頗煖

辰正二刻行二十五里實二十里至關山早飯又二里曰炒米店又十三里曰崮山驛均騰破店又十五里歷青崖崮至張夏縣丞駐此共行五十五里實四十四里山道以八為十也張夏在長清東南五十里青崖陽馬諸山環之所經溪澗即南沙河道雜沙石崎嶇難行業旅店尚潔耳王升同李子木亦

在濟南密雲無寄處作函致青田德建都兩兒因宿一店

初十日晴

辰正啓行十里石店五里土門五里青楊樹莊一名楊 五里金莊五里玉陵關有橋五里小灣德土人曰萬德 五里大灣德午飯十里長城所謂齊有長城鉅防足以為固也日知錄有疑非管子所云長城五里虞條店皆買馬鞭者五里墊倉共行八十里皆長清界 按方輿紀要長城在平陰而泰安有長城以嶺蓋齊所以備楚者城本西阿而東至沂州須兩關則長清其地也

十一日晴

辰正二刻五里界首十里新莊望見泰山早飯五里鶴領九里大華

嶺（夫人名大佛寺）十五里泰安又三里宿南關偶行店後菜圃乃孔玉雙前輩別業園叟往告夜玉雙來談十二年不見矣共行四十七里（未至大華頂歷泰安二十里鋪距泰安五里有御碑樓）十二年中兩過岱宗而不得一游玉雙云岱宗可游之地玉雙可談之人何不留數日殊愧斯言（早封燕郵）見泰山張府璞尚四十里

十二日陰有風

辰初二刻過玉雙未起（居肆絲街）即還登車五里蹂莊五里十里河五里紅廟十里邱家店垣墻甚高十里于呂二莊渡汶河又渡一小河至崔莊午飯店被燬矣十二里越一嶺至池家

龍道小泰山即新甫十里化馬灣十里王性嶺十里官橋或曰柳橋又有
一小橋曰張家橋七里黃頭八里羊劉共行一百二里到店已薄暮矣
沿途層巒疊嶂則徂徠龜山在望到眼皆古跡也羊劉二作羊流

十三日晴

巳橋起行八里官路莊十里福那五里四槐樹五里崖頭五里翟莊
午飯十里萬滿橋過滦河又過西周河十五里至新泰縣宿西
關外鹽店仲鹽大人宿城內平陽書院知縣徐子帳庚午北榜同
年與容舫同出黃觀處房出郭十里相迎到店久談接判答之
王書晚一行返房

借縣志閱之，凌樵無注華流有華姓子故里，祖墓在焉，盧鋐為之立祠。余不滿華太傅止太傅亦縣莫詳穀而亦祀西關入小放又有李公祠在華流，為明萬歷間知縣江南太平人，以振荒案誅，民為建祠。縣署有聖槐者，院司稱將優為平陽人，其實即以泰山名之，為可笑。

十四日晴

巳初行，子怡來送。十二里沈家莊，六里教陽，即教山之陽，本宿處，店二甚狹。五里滿子，三里崔莊，四里常盧午飯，皆小店，有炙饆。打鎮之歎。五里五里橋，十里西諸佛嶺，五里東諸佛嶺，以儀者丏邪而嶺以佛名，必非其初號矣。五里荼棚，宿。甚荼陰，亦闕注荼棚又五里共行六十里凡歷九嶺八河水不沒踝而山路崎嶇車頓馬殆知縣濮賢恪乃清士太守子以海防捐補鉄嶺蒙恩擇均在途中惜地主無賴人不能策杖一游耳

十五日晴

命兒輩在 關祠拈香與步蓮同房祠中也巷店豐店與祠相鄰辰初三刻行過五里傑三里曰保陸五里谷家墩本饒營一里小沙河四里青山塘三里牌義橋五里于桃墟即春秋之桃邱也午飯店甚陋一里朱家店七里蔣滿橋四里三家店二里交界墩四里界牌五里教仙橋四里丁旺莊三里堡莊共行

六十二里、盛五七十里，虛散地，操蒲有庵山，探津為山道之冠，以無羨縣驛額碑如方伯山臣所倣劉氏宅作額。主人劉日楙，字桂生，候選道而家居者。三子：伯臣昇厚、仲山晃厚、梓渔晉厚。桂生四十二，有子孫矣，饒於貲，屋甚敞大，殊有闊適之樂。其九世祖猶明，字調元，業臣拔貢，入國朝守大名，攝備兵，其屋則曾祖家音所創也。得伯平孟威書目，桃墟以下皆所收。昕郵孫錫元，字會一，癸酉舉人，十里塵常散館佛集目，未同春之子也。家音，嘉慶初人。

十六日，雨，晚晴。雨中微至霍家，不傷步。

東裝待發先馬已行忽油雲作雨乃解鞍弛轡仍寓劉宅午後雨益甚申酉間放晴遂循劉氏花園展眺聊以遣悶行滕所攜書已隨大車至青駝鎮燈下枯坐而已

十七日晴

巳初行八里泉橋七里四生莊十里雙堠午飯道甚濘兼山路磊确十里艾峪湖左隱公八年公會齊侯於艾州西有艾山峪即艾山之溪水也五里徐崖五里青駝寺宿紀要云穆公城在州西北九十里相傳魯穆公所築東有九女墩南有青駝鎮是也有東太寺即青駝寺矣鎮屬沂州蘭山知縣朱鍾琪

浙人稱所歷皆浙水及黄岙界也

十八日雨

辰正二刻行時春陰〻盛出鎮二里許過長橋青獅寺有碑記又三
里白水河又五里曰〻歷石浦至石浦則微雨濛途八里徐公店七里大峪崖
攸就崖午飯店甚狹穢与内人論落第簷下復冒雨行三里閘溪
五里沙土嶺出嶺五里大山嶺七里米溪共行四十五里宿至宿所雨益甚破
蠹冷房殊不可耐山東道因兵荒故不帝酒食較余乙酉過此時尤
蕭條矣

十九日晴

昨夜將半雨止辰正二刻三里秦家莊三里大橋六里棗溝頭七里鄧莊
有小莊三里北齊房三里南齊房俗傳武侯故里紀要中立識或謂之
諸葛城相傳武侯居此以蜀志證之知其誣妄殆武侯先世舊居舊
志以爲即春秋隱七年之中邱按邱有期音遂以訛期爲齊歟十二
里七級莊涉祊水水在州北二里出費縣大崮山崮東南流入州境合於沂
水二水際涸謂之兩河以志以爲即祊田殆未必然二里即沂水入城
出宿南關共行四十五里實止三十九里寓居李馨署物未錦溪
二十日晴
自北門至南關約五六里故傳以爲四十五里耳

辰正三刻起程二里南壇八里十里堡十里中壇五里孫家莊七里劉家沙溝五里唐家沙溝二里白家沙溝四里王家沙溝渡沂水一里李家莊共行四十五里宿自中壇以後咸云止二十里有陡甚高一段累木甚懸也明日令大車撤於先發眷屬從緩繼行李家莊居蘭山而郯城志云何無忌捻郯亭在焉今亦無可考矣

二十一日陰微雨一陣旋霽

辰正二刻雨作姑策騎而行五里界牌七里華埠八里沙墩二里劉家莊三里永橋十里馬莊十里大埠界牌雨止至埠則日色晴晴矣

午飯後行十五里至傾蓋橋即郯城十里鋪相傳孔子遇程子處有傾蓋亭在聖祠內聞郯城更有問官亭郯子朝魯而孔子問之乃建亭於郯斯殊失之附會矣鋪店太少假王氏店三間主人王濟民患瘵治民姓胡治民虞琨白其姪之孫正姓胡之子主桐壽治民均在庠三氏之父宗夏壬戌以年八十九時均列膠庠可云盛矣家有田十二頃兄弟四房男女丁口六七十人而不異爨尤足敬也橋跨白馬河河之水入沂水

二十二日晴

辰正三刻行秀才夫婦均來送行贈以文房資不受五里萬里又五里郯

城北五里黃亭子二里北莊子二里南莊子七里曹村四里黃家樓四里

東興集午飯店甚陋二里三官莊三里王家梁二里前莊科一里後

莊二里前莊子一里後莊子六里紅花埠詰行五十二里一路槃白柳青桃

紅榆畢春色極爲絢爛曹村有郯子墓志云沭水陟歷本縣至埠

並溝途劫未見水也紅花埠寰宇記梁天監二年傳邳人張高等

鑿渠引沭水溉田二百餘頃謂爲紅花水埠因名以此鍾離慶妹在

沭陽晚清江淮軍轉運局專勇送仲彪電南與內黃臣書

二十三日晴

巳初二刻始行出埠三里入江南宿遷界小鮮莊一里水口沭水口也五

里張家莊六里凌家莊五里新安鎮五里小馬莊一里中馬莊一里大
馬莊一里蘇家營二里唐家店午飯五里坡石橋六里龍田溝一里
柳泉莊六里李莊五里七里澗七里宿遷司吾山宿司吾鎮宿遷古鍾
吾國紀要宿遷有司吾城在縣東北梁普通五年魏東海太守
韋敬欣以司吾城來降是也又有司吾鄉又云峒峽鎮在峒峿山
下五代漢乾祐初戍法欽敗之於峒峿鎮或曰即故司吾縣又云峒
峿山在縣北七十里舊志作司吾舊志作峒峿鎮在此而峰在西北宛漢地
皆雜鈔州縣志而成未能盡一往之外以宿遷以地理奇門諸書
未敢附和也

二十四日晴

辰正三刻行四里橋北鎮六里下馬驛五里小湖子五里東山村人言楚語頗雜遝大率所帀皆宜蕙若（江序集）而已十五里小店子午飯夜雨以美十七里東龍頭四里東鋪口四里順河集宿還與史張沅辰山陰人字稻生嘗為華亭典史劉二千餘年同舍至出郊來謁與之久談年已六十一頗有見到語授手寄徐州教授之亦出陝督王字鶴琴庶常散館以屬而今改教長於算子稻生之子祖培往之游（王甲戌庶常姜縣人也）

二十五日晴

辰正三刻起行六里交烏閣十四里王家莊五里霍家店十八里崔家莊二里朱家莊五里仰化集未初一刻到行五十里離集三四里過一小河乃白洋河也夏令水大通舟今有土壩可行車

二十六日晴

巳初行九里田九里閘入桃源畍三里棗莊十三里崔鎮黃河當決於此明萬曆六年潘季馴築隄水石壩於崔鎮一帶今為運河隄河壩神廟一水收帶鎮傍數十家店甚小頗繁王入楊姓下輿啜茗余飲鷄子湯入陳稍以藕粉充飢再五里豐家渡十七里姜家橋一名劉家莊八里張興莊報由此渡水路下浦西馬頭傍小舟不便遂中輟先赴

大車擬送荊藝至老苗謝泰由浦來迎得黃居書知頎達回
於初九日逝世殊出意外

二十七日晴

辰初二刻行四十里三槐樹假吳氏廢宅午飯所菜徧地荒
途中頗有曠激之趣三十二里至西灞頗繁庶驛道本由
漁溝至浦八十里而遙改道七十餘里而近西灞則縣捻逆
竄八里至清江浦房周激之學海河道宅東山之子也張
軍轉運局王贊河並來稟知今船有廿三兩撐
回華之說

二十八日晴

至河干閱船周微之來謝子要同年觀察亦揚帆過談帆

小輪為拖船計以水淺船大也

二十九日陰

巳正上船共議江江寧叟適合肥冀姬及小女亦同日至滬已覓一

南潯于同行復由謝子要同年借凌風乘風兩小輪及一畫

畫艇拖帶其送滬葉亭提督之兩輪日暮潛潛不安者經

香濤電催諸紳諭示竟不願行而已積惰同輪舟樓樓

今日竟不能行也仲彭夫人乘兩長茂船黃彥乘兩艘盛余乘兩燈罩見單緣以紀祥船

三十日晴

黎明發舟十五里板閘濬季卿經理運河翻氏陸大為淮安閘主黃齋

及都司徐獻廷來送十里湖蒲射陽湖〻也當清河界五里至淮安

府二十里六浦二十里平橋十里涇河里山陽盱十里黃浦二十里寶應縣

二十里劉家堡十里瞿澱十里氾水即氾光湖〻〻也黃浦至界首驛八

十里有東西兩隄西隄濱湖為舊隄東為新隄所謂宏濟河也二

十里至高郵〻界首驛泊舟買炭共行一百七十里風逆水順天

尚未暮是日舟中暇理書篋与四人共讀陸詩精粹終後〻覺

矣